W0329306

laGalera

Quin parell!

JAUME CELA

PREMI JOSEP M. FOLCH I TORRES 1997

Primera edició:
març del 1998

Primera edició en aquesta col·lecció:
octubre del 2002

Tercera impressió:
maig del 2008

Disseny gràfic de l'interior: clase
Disseny gràfic de la coberta: Cass

Correcció: M. Mercè Estévez
Maquetació: Montserrat Estévez

Edició: Anna Canals
Coordinació editorial: David Monserrat
Direcció editorial: Lara Toro

La Galera, SAU Editorial
Josep Pla, 95 – 08019 Barcelona
www.lagalera.cat
lagalera@grec.cat

Imprès a Romanyà/Valls, SA
Verdaguer, 1 – 08786 Barcelona

Dipòsit legal: B-27.793-2008
Imprès a la UE
ISBN 978-84-246-9561-3

Per a la colla que des de fa tant temps
fa possible que cada quinze dies rebem
la revista Cavall Fort

A la senyora Anna el dia se li feia més llarg que la corda de saltar que feia servir quan era una criatura i jugava amb les amigues al carrer. Des que la seva filla, el gendre i el nét s'havien traslladat a viure a Oslo, que el dia semblava tenir més de vint-i-quatre hores i les hores més de seixanta minuts.

Feia un any que la filla li havia explicat que l'empresa on treballava obria una sucursal a Oslo i que havien pensat en ella per a dirigir-la. «Renoi», va dir-se la senyora Anna, «quina filla més important que tinc.» Però l'orgull maternal es va diluir com un terròs de sucre quan es va adonar que no faria de cangur del seu nét Oriol.

Cada dia, el gendre li deixava la criatura a les vuit del matí i la seva filla la passava a recollir a les cinc de la tarda, però aquell últim any ho feia a quarts de set, perquè havia d'anar a classe per aprendre una mica de noruec.

La senyora Anna va comprar uns quants llibres que parlaven de Noruega. Millor dit, que tenien moltes fotografies i il·lustracions d'aquell país que seria la terra que rebria el seu nét i la seva filla, les persones del món que més estimava, perquè l'altra, el seu marit, feia més de tres anys que havia mort.

La dona s'asseia el petit a la falda i obria algun dels llibres.

—Mira, Oriol, aquest és el país on aniràs a viure. És bonic, oi?

I amb el dit li indicava les parets blanquíssimes d'un fiord o comptava els arbres d'un bosc espès.

—Mira aquest bosc, ajuda'm a comptar els arbres.

I el nen començava:

—Un, dos, tres, quatre, nou, set, dotze, vint-i-cinc...

La dona reia i li ensenyava un altre llibre, aquest ple de cases de fusta que s'escampaven pel vessant d'una muntanya que era molt a prop d'un llac ple d'ànecs.

El nen se la mirava sense acabar d'entendre l'interès de la seva àvia per mostrar-li aquells paisatges, i amb la seva mitja llengua preguntava:

—I casa meva, serà de «fuzta»?

Abans de respondre, l'àvia no podia evitar petonejar-lo mentre anava repetint:

—Me'l menjaria, aquest nen!

L'Oriol no havia oblidat la pregunta i insistia:

—Però serà de «fuzta» o no?

—Potser sí, però segur que serà una casa molt maca, amb un jardí i tot, i faràs molts amics i jugareu en algun d'aquests boscos. I els teus amics i amigues seran rossets, com fils d'or, perquè em sembla que en aquests països els nens i les nenes són molt rossos. Ja ho veuràs.

—I en aquests boscos hi viuen follets? —preguntava el nen amb interès.

—I tant! Aquests boscos deuen ser plens de follets. Si fa o no fa, deuen ser com els del Montseny. Te'n recordes, d'aquell dia que vam anar a un lloc que es deia Santa Fe i vam passejar per dins d'un bosc molt extens i ens va semblar que vèiem un follet amb una barretina vermella com el foc?

El nen va deixar de llepar la piruleta que s'estava menjant i va respondre:

—No me'n recordo.

L'àvia Anna mirava de fer-li fer memòria fins que un altre detall els cridava més l'atenció i canviaven de tema.

I ara ja tenia el nét vivint a Oslo. Quan mirava el mapa, aquesta ciutat li semblava tan lluny que li venien esgarrifances, com si ja pogués endevinar el fred que hi feia.

En l'última carta que havia rebut, el nen li havia dibuixat la casa on vivia. Era molt semblant a la casa que ella havia imaginat, amb un jardí i nens i nenes rossos com fils d'or jugant amb el seu nét.

Cada matí, quan es llevava, mirava el calendari i comptava els dies que faltaven per al mes de juliol, que és quan la seva filla tindria vacances i podria anar-los a visitar. Estava ben decidida a fer aquest viatge, tot i que hauria de superar la por que li feia agafar un avió. Les ganes de veure el seu petit Oriol eren tan intenses que estava disposada a anar-hi, si calia, amb globus.

Però encara faltaven molts dies i més ara, que li semblaven tan llargs, i per evitar aquesta sensació tan desagradable i unes ganes de plorar que li estrenyien el cor, va decidir fer dissabte. Sempre havia defensat que treballar distreia i feia fugir les penes.

Va començar a buidar armaris. Treia tota la roba i la seleccionava. La que ja no li agradava, però encara es podia aprofitar, la deixava dins d'una bossa. La portaria al Cottolengo, perquè algú altre la pogués fer servir. «Tinc llençols i coixineres per a tota una altra vida», es va dir quan va comptar que en tenia més d'una dotzena. Sort que molts eren de diferents colors. Després va treure la pols dels prestatges, i quan va veure que el paper que cobria la fusta dels prestatges estava molt envellit, el va canviar. Quan ja ho va tenir tot ben polit i ben endreçat, va tornar a col·locar la roba, i quan va acabar li sobraven dos prestatges i mig.

Veure aquests buits no li agradava gota. Va tenir la idea de posar-hi els *Cavall Fort* vells. Quan la seva filla era petita l'havia subscrit a aquesta revista i ara ja anava a nom del seu nét.

Va anar on tenia les revistes i va separar tots els *Cavall Fort.* Després els va ordenar i els va anar encabint en els prestatges buits.

Quan va acabar la feina, va beure un got d'aigua i va seure al sofà. Feia dies que no treballava tant i estava cansada de debò. Aleshores es va adonar que a sota del sofà hi havia un *Cavall Fort* que li devia haver caigut quan els endreçava. El va recollir i va començar a fullejar-lo.

Va començar a entretenir-se amb les cartes dels corresponsals. Apareixien publicades en una secció que es deia «Connexions». Hi escrivien nens i nenes de totes les edats que demanaven mantenir correspondència. N'hi va haver una que li va cridar l'atenció, perquè qui l'escrivia tenia els mateixos gustos que ella.

La carta deia així:

PAU NEBOT ARGIMBAU. 10 anys. C/ del Peix, 22. 08024. BARCELONA. De la meva edat o una mica més grans, que siguin simpàtics i que els agradi anar al cine, col·leccionar segells, menjar pastissos de nata i escriure cartes molt llargues. Prometo que contestaré totes les que rebi. Animeu-vos a escriure'm.

Va mirar de quin mes era la revista i va veure que feia un any i mig que s'havia publicat. Per tant, en Pau devia tenir dotze anys o estava a punt de fer-los.

Va tenir un rampell inexplicable. Va agafar un full de paper i va començar a escriure-li una carta. Va estar una bona estona rumiant com la començaria una noia de dotze anys. Va triar «Estimat Pau», però li va semblar que era una mica fort, això d'estimat. «Benvolgut» era massa formal, de gent gran. «Distingit», impossible; semblaria una carta comercial. I després de pensar-hi una estona va trobar una fórmula que la va convèncer: «Hola, Pau!»

Va mirar la data, va fer uns quants esborranys i al final, la carta va quedar així:

Barcelona, 1 de setembre de 1997

Hola, Pau!

Sóc l'Anna i he sabut la teva adreça perquè també sóc subscriptora de *Cavall Fort*. És una revista molt guai. També m'agrada, com a tu, anar al cine, menjar pastissos de nata i tinc una col·lecció de segells que no para de créixer, perquè el meu pare me'n compra molts. Això sí, aquesta primera carta no serà gaire llarga, perquè encara et conec poc, però si compleixes la teva promesa i me la contestes, les que vindran seran quilomètriques, perquè m'agrada moltíssim escriure. Sóc morena i tinc dos ulls blaus, bé, vull dir que tinc els ulls de color blau, perquè com et pots imaginar en tinc dos, com tothom. Aquest curs començaré sisè de primària. M'agraden les matemàtiques i l'anglès. Tinc molta tírria a les ciències socials. Les altres assignatures no em fan ni fred ni calor.

Visc al carrer de la Lluna, 23, baixos. 08006 BARCELONA.

Fins aviat,

Anna

Va rellegir el que havia escrit. Li va semblar que això de «guai» era una paraula que podia fer servir. El fill de la veïna de sota, que també tenia dotze anys, sempre la utilitzava quan una cosa li agradava molt. De fet, no en deia una altra. I abans de posar la carta dins d'un sobre i enviar-la, va telefonar a la veïna per assegurar-se que el seu fill començaria sisè i que ara es deia primària.

Quan ja havia enviat la carta, es va mirar al mirall del lavabo i va dir com si parlés amb la seva imatge:

—A la teva edat, senyora Anna, i et vols fer passar per una nena de dotze anys! Estàs com una regadora i ets una mentidera.

Però quan va recordar que en Pau demanava que volia corresponsals de la seva edat o una mica més grans, va pensar que això del temps era molt relatiu i que, al cap i a la fi, no mentia, perquè ella només era una mica més gran. Només una mica. I amb aquest pensament se'n va anar a dormir.

El senyor Albert havia tornat a perdre la clau de la bústia. Va decidir espanyar-la i deixar-la oberta per sempre més. D'aquesta manera no hauria de patir.

Quan va aconseguir obrir la bústia va trobar una carta. Anava adreçada a un tal Pau Nebot i Argimbau, que era el nom del fill dels antics propietaris que li havien venut el pis feia poc més d'un any.

Se la va guardar a la butxaca de l'americana i va sortir a comprar.

Quan va tornar, va regirar tots els calaixos per trobar l'adreça dels antics propietaris, perquè volia fer arribar la carta al seu destinatari, però no la va trobar enlloc. Era molt distret i sempre perdia les coses. Va deixar la carta damunt la taula del menjador i es va dedicar a preparar el menjar dels tres gats que vivien amb ell. També va canviar l'aigua de la peixera on nedaven vuit peixos molt bonics. Sempre li havien agradat molt les bèsties, i com que vivia sol li feien companyia i el tenien ben entretingut.

Després de dinar, va recordar la carta i la temptació d'obrir-la va començar a covar dins del seu cervell.

El senyor Albert pensava que el contingut podia ser important i que l'única manera de saber-ho era obrint-la. Aquest argument va vèncer les resistències que encara li quedaven i la va obrir.

Un cop la va haver llegit, es va quedar més descansat, perquè va veure que no hi deia res que fos important.

I una altra temptació va ocupar el lloc de la primera al niu de les temptacions que tots tenim al cervell: contestar la carta com si fos en Pau i veure què redimonis passava.

I tal dit, tal fet. Va agafar un full de paper i un bolígraf i va començar a escriure:

Barcelona, 6 de setembre de 1997

Hola, Anna!

Sóc en Pau. És la primera carta que rebo i m'ha fet molta il·lusió.

Ara t'explicaré com sóc: molt alt. Tothom diu que sóc molt alt per a l'edat que tinc i que hauria de jugar a bàsquet, però a mi m'agrada més la natació. Sóc tan alt com la meva germana, la que em porta dos anys, perquè som tres germans. I ara ve la sorpresa. Vejam si t'imagines quanta gent pot viure a la mateixa casa? Som vint. No t'ho creus, oi? Ja t'he dit que som tres germans. Has de sumar-hi els pares i els quatre avis. I els altres són vuit peixos i tres gats, que són com de la família. La casa és molt gran. Té tres plantes. A dalt de tot, hi dormim els pares i els tres germans. A la segona planta, hi dormen els avis, i a la planta baixa tenim la cuina, el menjador, l'estudi ple de llibres i cintes de vídeo —el meu germà gran vol ser crític de cine i col·lecciona pel·lícules antigues— i una sala molt gran. Els peixos són al menjador, dins d'una peixera molt bonica, amb roques i plantes i un submarí de plàstic, i els gats viuen i dormen on volen, però es passen moltes hores al jardí, sobretot quan fa calor, com aquests dies. Ah, que me n'oblidava! Tenim quatre lavabos i una habitació petita on hi ha la rentadora i els trastos vells.

Però t'he dit que t'explicaria com sóc i només t'he parlat de la meva alçada. Tinc els cabells una mica rossos i els ulls negres. M'agrada caminar molt de pressa, com si portés un coet enganxat al cul, i les iaies opinen que sóc molt intel·ligent i molt bon noi, però a mi em sembla que exageren, perquè tinc mal geni i sóc molt mandrós, sobretot molt mandrós.

Bé, per avui ja n'hi ha prou. Espero la teva carta.

Fins aviat!

Pau

Saps què podríem fer? En cada carta ens fem una pregunta i l'altre l'ha de contestar. Què et sembla, aquest joc? Pot ser divertit, oi? Si hi estàs d'acord, aquesta és la meva primera pregunta: T'agraden Els Pets?

El senyor Albert va rellegir la carta. Va corregir algun detall i li va cridar l'atenció que s'havia inventat una família molt nombrosa. Va pensar que potser era una reacció davant del fet que ell sempre havia tingut una família ben escarransida: els pares i... s'ha acabat, perquè va ser fill únic. Sempre havia enyorat tenir un germà petit, amb qui pogués jugar o a qui pogués ensenyar els noms de les estrelles, que ell coneixia molt bé.

Va triar Els Pets perquè coneixia aquest grup, ja que

cada dia de la setmana de cada setmana de l'any, fes fred o calor, tronés, llampegués o caigués aigua a bots i barrals, la filla de la veïna del davant de casa seva posava els discos d'aquest grup. Se sabia les lletres de les seves cançons millor que el parenostre. Va pensar que aquest grup devia ser molt famós entre la joventut, i que l'Anna devia saber qui eren.

Va dubtar si enviar o no la carta. Va consultar-ho als seus gats i ells, quan van sentir la pregunta, van miolar intensament. Això significava que havia de posar una mica d'emoció a la seva vida. Va escriure l'adreça de l'Anna, va enganxar el segell i va anar a l'oficina de correus del barri, perquè volia que la carta arribés a la seva destinatària al més aviat possible.

La senyora Anna estava molt emocionada. Havia parlat amb el seu nét i l'havia sentit tan bé que no deixava d'admirar-se dels avenços de la tècnica. A més a més, havia rebut la carta d'en Pau.

Un cop la va haver llegit, els dubtes de continuar amb aquell joc es van enfortir, però després de donarhi unes quantes voltes va pensar que no feia mal a ningú si mantenia aquella correspondència, i sense encomanar-se a Déu ni al diable, es va decidir a contestar la carta.

Barcelona, 12 de setembre de 1997

Hola, Pau!

Estic més contenta que unes pasqües, perquè he rebut la teva carta. Renoi, sí que ets alt, perquè si t'han dit que pots jugar a bàsquet vol dir que has de ser molt alt. La meva filla, quan era més joveneta, tenia un pòster d'un jugador de bàsquet enganxat a la seva habitació. Es deia Pepi o Epi, ja no me'n recordo. A mi també m'agrada més la natació. Ja saps que aquell actor que feia de Tarzan abans de dedicar-se al cine era nedador? A mi m'agraden molt les pel·lícules d'en Tarzan, sobretot perquè hi surt la Xita, que sempre fa bestieses i em fa riure molt...

Va aturar-se per llegir el que havia escrit. «Mare de

Déu del cel i de la terra!», va exclamar. «Si en sóc, de ruca. Li estic parlant de la meva filla.»

Va estripar la carta i abans de tornar a començar va rumiar si era convenient parlar d'en Tarzan. Potser no, perquè no creia que la canalla d'avui dia conegués aquest personatge, i davant d'aquesta ignorància va creure que més valia abandonar qualsevol referència al cine.

Va copiar el començament de la carta:

Barcelona, 12 de setembre de 1997

Hola, Pau!

Estic més contenta que unes pasqües, perquè he rebut la teva carta. Renoi, sí que ets alt, perquè si t'han dit que pots jugar a bàsquet vol dir que has de ser mot alt. Jo no sóc ni alta ni baixa, ni prima ni grassoneta. La meva mare diu que estic bé. Dec ser la noia «ni», per això de «ni alta ni baixa, ni...» Em sembla que també sóc intel·ligent i molt endreçada i polida. No puc aguantar veure les coses fora del seu lloc.

Deu ser molt divertit, això de viure amb tanta gent! I no us feu embolics? Sort que teniu molts lavabos, perquè a casa només en tenim un i sempre és ocupat. Ara recordo una cosa que em va passar quan era petita, però em fa vergonya explicar-te-la perquè gairebé no ens coneixem, però un dia em va passar una cosa molt divertida, i ja te l'explicaré més endavant. I aquesta cosa, perquè ho sàpigues, té a veure amb el vàter.

Canvio de tema. A casa només som quatre. A tu et deu semblar una misèria. Som els meus pares, el meu germà Artur i jo. El meu germà es diu Artur perquè el meu pare és professor de literatura i coneix molt bé les històries del rei Artur i els cavallers de la Taula Rodona. Quan era petita, abans d'anar a dormir, m'explicava una història d'aquest rei, i a mi m'hauria agradat molt haver nascut en aquella època, però no hauria volgut ser cap princesa ni cap reina, sinó un cavaller molt fort i ben plantat que anés damunt d'un cavall negre, amb una espasa més llarga que un dia sense pa i que ajudés els pobres, com en Robin Hood. Tu coneixes en Robin Hood?

La mare treballa a l'Ajuntament i el meu germà ha començat segon d'econòmiques, que és una carrera molt dífícil. Jo, quan sigui gran, vull ser arquitecta i construiré una casa amb totes les habitacions rodones, com les torres dels castells. I si sóc molt bona arquitecta dibuixaré els plànols d'una casa molt gran perquè hi visqueu tu i la teva família. Hi haurà una habitació per als gats, amb el terra de parquet i les parets cobertes amb una capa de pintura amb pedretes, perquè puguin esmolar-s'hi les ungles. Els peixos viuran en una banyera de colors, amb moltes plantes, i en lloc d'un submarí hi posaré les restes d'un vaixell de luxe enfonsat.

Va repassar el que havia escrit i va veure que aquesta vegada no s'havia equivocat. Va pensar a acabar la carta, perquè ja era prou llarga, però encara li quedava respondre si li agradaven Els Pets. Però què o qui eren Els Pets? «Redena», va pensar, «és clar que sé què són els pets, però si ho ha escrit amb majúscula no deu ser el que jo em penso. Ha de ser el nom d'alguna cosa.»

Però la senyora Anna sempre havia trobat solucions per a tots els problemes que la vida no li havia estalviat. Va telefonar al 010 i la noia que s'hi va posar li va aclarir que era el nom d'un conjunt de rock català. Es va pentinar, es va treure la bata d'estar per casa, es va vestir i va anar fins a la botiga de discos del barri, per demanar informació d'aquest conjunt que tenia un nom tan original.

El noi de la botiga la va atendre molt bé. Ella li va explicar que volia donar una sorpresa als seus néts, i el venedor, que tenia els cabells del mateix color que les bombones de butà i que portava més arracades que una reina mora, la'n va informar amb tota mena de detalls. «Vaja», es va dir la senyora Anna, «he rebut un curs de música moderna en menys de mitja hora.» Va comprar un parell de compactes i quan va arribar a casa els va escoltar amb molta atenció.

Va arribar a la conclusió que li agradava molt més la música de la Montserrat Caballé i els cors de l'exèrcit rus. La música rock l'embafava una mica, perquè era massa sorollosa, llevat d'algunes melodies de l'Elvis Presley, sobretot quan cantava balades. Va recordar els estius de quan era jove i anava amb el seu marit a ballar a l'envelat de la festa major del barri. Recordava sobretot el ball del fanalet, quan tots els llums s'apagaven i només es veien brillar els ulls dels fanalets encesos, que semblaven cuques de llum, i les mirades dels amants. Però va abandonar els records de la seva joventut per rumiar com havia de respondre la pregunta d'en Pau. Va creure que a ell li agradaria molt aquest grup. Per això l'interessava conèixer la seva opinió, i va decidir respondre el que el noi esperava.

Va continuar la carta amb aquestes paraules:

I abans d'acabar, et contesto la pregunta que m'has fet: Els Pets m'agraden molt, sobretot la cançó "Bon dia", perquè és molt bonica. I el que més m'agrada és el nom. El trobo molt divertit, sobretot quan canten amb Les Llufes. Però jo sóc una mica estranya, amb les músiques, perquè m'agrada molt més la Caballé i els cors de l'exèrcit rus. Un dia vaig anar al Liceu, abans que es cremés, i vaig veure una òpera que es deia *Madame Butterfly*. És una història d'amor molt trista. Tracta d'una noia japonesa que s'enamora d'un capità que l'abandona i ella es mata. Te l'he resumida molt, perquè és molt llarga, i si no t'agrada l'òpera et cansaràs de llegir. Jo estava molt emocionada i vaig plorar molt, moltíssim, i la meva mare també va plorar, però no tant com jo.

I ara et faig una pregunta: Tu has plorat alguna vegada? No s'hi val que em diguis que has plorat perquè t'has fet mal o perquè t'han donat una bufa els teus pares, eh! Plorar d'emoció, vull dir.

Fins a un altre dia, Pau!

Anna

Li va semblar que la carta estava molt bé, perquè, a més d'haver dit una mitja mentida, amb això d'Els Pets, també li havia explicat la mena de música que li agradava.

Va escriure el sobre i abans de tancar-lo va pensar a fer un regal a en Pau: li va enviar un segell repetit de la seva col·lecció.

El senyor Albert estava tan nerviós que per obrir la carta va estripar el sobre. La va llegir amb el mateix interès amb què s'hauria menjat un pastís de nata de dos pisos, d'aquells dels casaments.

Quan va acabar, va canviar la sorra dels gats i va començar a escriure la seva resposta.

Barcelona, 18 de setembre de 1997

Hola, Anna!

He rebut la teva carta i ja veig que t'agraden Els Pets. A mi també, i la cançó més bona és "Bon dia", però no coincidim en res més, perquè l'òpera no m'agrada gens ni mica. És clar que parlo per parlar, perquè no n'he vist mai cap. Només n'he sentit alguns trossets, perquè la mare, quan té temps, n'escolta. La Caballé només m'agrada quan canta cançons de Nadal. Els Reis de fa tres anys van portar a la meva mare unes nadales de la Caballé i un compacte d'una senyora que té un nom molt complicat. Espera't un moment que he d'anar a mirar com s'escriu. Fins ara.

Ja torno a ser aquí. Es diu Kiri Te Kanawa. Tu, que ets una experta, la deus conèixer.

M'ha fet molta il·lusió el segell que m'has regalat. Són

molt bonics, els ocells que hi ha dibuixats. Tu sabies que vaig guanyar un premi d'un concurs de dibuix d'ocells? Mira que sóc tanoca! Ja sé que no ho saps, perquè encara no ens coneixem. Mira, t'ho explicaré. A l'escola van convocar un concurs de dibuix amb un tema únic: els ocells. Jo vaig dibuixar la cadernera d'una tieta meva que viu a Valldoreix. Em van regalar un canari i tres pel·lícules de vídeo. El canari es deia Flauteta, perquè no parava de cantar en tot el dia. I saps on és ara, en Flauteta? No ho saps, oi? Doncs jo tampoc, perquè se'm va escapar. La meva àvia, un matí que li netejava la gàbia, es va deixar la porteta oberta i en Flauteta va fugir, ales ajudeu-me. Potser se l'ha cruspit un gat. Els meus no, perquè el coneixien, però un gat foraster no està per gaires romanços.

Saps que escrius molt bé? No fas faltes. Jo en faig poquetes, oi?

El pobre senyor Albert no parava de consultar el diccionari per veure com s'escrivien algunes paraules. Tenia molts dubtes amb els accents, però no hi ha dificultat que no venci una voluntat decidida. Havia après a escriure el català de gran, i ja se sap que quan es comença a estudiar de gran sempre costa més. Li va semblar una bona idea aquest invent del concurs, perquè tenia molta traça i podria enviar un dibuix a la seva nova amiga. A més a més, era veritat que havia guanyat un concurs de pintura que havia convocat el casal d'avis del barri, però el tema era de paisatges del carrer. Havia pintat una placeta, petitona i ombrejada, on s'aplegaven vells que jugaven a la petanca i criatures petites que no paraven de pujar i baixar pel tobogan cridant com boges. A l'Anna li faria un ocell. Ja ho tenia dedidit. Però, què li podia continuar explicant? És clar!: l'escola. L'escola era un bon tema i més ara, que començava el curs, però calia anar molt en compte de no pixar fora de test. Buscaria l'assessorament del fill del quiosquer. Potser li hauria de demanar que li deixés algun dels seus llibres de text i que li fes cinc cèntims dels temes que estudiaven. Avui faria una pinzellada general. Més endavant, concretaria una mica més. Va triar l'escola pública del barri perquè la façana era molt bonica i als nens i nenes se'ls veia contents, quan passaven per sota la seva finestra per anar a l'escola. «Potser van massa carregats», pensava el senyor Albert, «però se'ls veu ben feliços.» A més a més, coneixia l'escola molt bé, perquè quan la van inaugurar van celebrar-hi una festa i van convidar-hi la gent del barri. Ell hi va anar i va trobar que les escoles d'avui dia no tenien res a veure amb les del seu temps. S'hi assemblaven com un ou a una castanya.

Ara et parlaré de la meva escola. Es diu Pau Casals, que ja deus saber que era un músic molt famós que tocava el violoncel. Té tres pisos i a dalt de tot, una classe rodona, com les que tu vols fer perquè jo hi vagi a viure. Aquesta classe rodona està dividida en dues parts: el laboratori i el taller. A l'estiu hi fa molta calor, perquè hi toca el sol tot el dia. Les classes són grans i molt ben il·luminades. Els més grans som al segon pis i els petits, al primer i a la planta baixa. Tenim una classe amb uns quants ordinadors i un gimnàs que és una mica petit, però moltes vegades sortim al pati, a córrer i a saltar. Al soterrani hi ha el menjador i la cuina i una sala on podem fer teatre, perquè té un escenari. El meu mestre es diu Ricard i és negre. El seu pare va néixer al Zaire i la seva mare és catalana. Ell és negre, com el seu pare, i és molt simpàtic. Ja va ser el meu mestre el curs passat.

Com s'embolicava la troca! Però d'aquesta manera, pensava el senyor Albert, tot seria més interessant. I ara calia acabar la carta i respondre la pregunta. Quan havia plorat per última vegada? No li era difícil contestar, perquè el senyor Albert era un home de llàgrima fàcil. Però calia inventar-se un motiu convincent, que fos important per a un noi de dotze anys, i va trobar una solució en el món animal. Parlaria del dia que va anar a casa d'un amic seu, jubilat com ell, i el seu nét mirava una pel·lícula de vídeo que parlava de l'amistat entre un dofí que es deia Flipper i un nen. Van acabar plorant tots tres, el nen i els dos vells, i quan se'n van adonar els va agafar un atac de riure que de poc no acaben a Sant Pau, a urgències.

Mira, Anna, a mi no em fa cap vergonya plorar. El meu pare sempre diu que plorar és tan normal com riure i que els homes que ploren no se n'han d'avergonyir. L'última vegada que vaig plorar va ser quan vaig veure una pel·lícula que es deia *Flipper*. Les històries d'animals m'emocionen. No puc fer-hi més. I quan veig nens que pateixen, també. Hi ha dies que no puc veure la tele, perquè se'm fa un nus a l'estómac i no puc dormir. El meu avi diu que tinc bons sentiments. Ja ho veus, sóc ploraner.

I ara la pregunta: A tu t'agraden les estrelles?

Apa, que et vagi molt bé el curs i ja m'explicaràs com és la teva escola.

Pau

I una altra cosa: ben aviat rebràs una sorpresa.

Plovia a bots i barrals i la senyora Anna tenia la casa plena de roba mig xopa. Sort que s'havia llevat al primer tro i l'havia pogut recollir de la terrassa, perquè el dia abans havia fet bugada general i tenia roba estesa per donar i per vendre.

Els dies de pluja li agradava destinar-los a pensar. Tenia a les mans la nova carta d'en Pau sense obrir i no sabia si abandonar aquell joc. «Aquest noi», pensava, «es deu estar fent il·lusions. Es deu pensar que sóc de la seva edat, i quan s'assabenti que sóc una vella que fa catúfols per tots costats se'n portarà un bon disgust, pobre xicot.»

Va decidir no obrir la carta i no contestar-la, és clar, per acabar definitivament aquella correspondència. En canvi, va escriure'n una de molt llarga a la seva filla, però no va comentar-li res de les cartes d'en Pau ni de les seves. Temia que la seva filla pensés que s'havia begut l'enteniment i tornés a Barcelona amb el primer avió.

Durant tot el matí no va pensar en el Pau. Prou feina tenia d'anar recollint la roba, planxar-la i anar-la desant als armaris.

Quan va acabar de dinar estava cansada i se'n va anar a fer una becaineta. Encara no havia deixat de ploure i com que feia xafogor, va deixar la finestra del dormitori una mica oberta. El soroll de la pluja l'ajudaria a entrar al país del son, on totes les meravelles són possibles i on tots els misteris tenen el seu desllorigador.

Va somiar que era en un desert, a l'ombra d'una palmera. Un camell reposava al seu costat i ella menjava uns quants dàtils i, de tant en tant, xarrupava glopets de l'aigua d'una cantimplora que li penjava del cinturó dels pantalons. De sobte, va sentir una veu misteriosa que semblava sortir de darrere d'unes dunes amarades de sol. S'hi va acostar molt lentament i els batecs del cor eren com cops a la pell endurida d'un timbal. Va arribar a temps de veure com una figura estranya s'anava evaporant, com si la sorra calenta se l'empassés. A terra hi havia un sobre. El va agafar i va descobrir que anava al seu nom. Va mirar qui li enviava i va veure que hi deia «Pau». La va obrir i en aquells moments es va despertar.

La senyora Anna sempre havia cregut que els somnis ens avisaven de com havíem d'actuar quan no sabíem quin camí havíem d'emprendre. Moltes vegades havia resolt algun dubte somiant. Quan el seu marit li va dir que se l'estimava, ella no va saber què respondre. I la nit de la declaració d'amor va somiar que passejava de la mà d'un jove per la vora d'un riu bellíssim. Quan es van aturar a la riba, l'aigua els va emmirallar i ella va descobrir que el seu acompanyant era aquell noiet prim, pèl-roig, que encara no havia sortit de l'ou i que li havia confessat com se l'estimava. L'endemà mateix li va dir que ella també l'estimava i que se l'estimaria per sempre més. I van viure feliços tota la vida. I encara ara, feia tres anys que era vídua, se'l continuava estimant.

Es va llevar d'una revolada i va obrir la carta. Va respirar profundament, com si anés a saltar al mar des d'una roca molt alta, i va començar a llegir-la.

Després va redactar aquesta resposta:

Barcelona, 25 de setembre de 1997

Hola, Pau!

Estic neguitosa esperant la teva sorpresa. Em sembla que ja m'imagino què pot ser, però no t'ho diré. Em penso, però, que comença amb la lletra d. Ho he encertat?

Saps per què faig poques faltes d'ortografia? Perquè el meu pare em corregeix les cartes. Bé, totes no, perquè si t'he de dir un secret no les hi deixaré llegir. Tu no en fas, de faltes. Escrius molt bé. Estic segura que sempre treus deus, de català. Jo ajudo la mestra a corregir els treballs dels altres de la classe, perquè en sé bastant. És clar que tinc l'ajuda del meu pare, que en sap moltíssim, però moltíssim, eh! Però de socials no en sé gens. Sempre m'equivoco quan parlem dels climes i quan dibuixo mapes em faig un embolic amb els noms que Déu n'hi do.

Saps que m'agrada molt que siguis una mica ploraner?

Les estrelles són molt boniques. Jo tinc una estrella que és meva. Només meva. Potser més endavant, quan ens coneguem més, també serà teva. Es diu Espurna, perquè és petita com una espurna de foc. Ja veus que no sóc gaire original, en això de triar noms. Quan vaig d'excursió i el cel és ben clar, la miro i li explico les coses que em passen pel cap. Aquest vespre, si deixa de ploure i el cel es desenteranyina, la veuré i li explicaré que estic fent un amic nou que es diu Pau. Mira, si tu saps llegir el cel la podràs trobar. Tu saps on és la constel·lació d'Orió? Sí, oi? Doncs la meva Espurna és una mica a la dreta de l'espatlla esquerra del gegant Orió, perquè Orió era un gegant que sabia caminar per damunt del mar. Això també deus saber-ho, oi? Havia de ser tan alt com tu i molt fort, i potser també plorava, quan en tenia ganes.

A mi m'agraden molt els contes de gegants. Sobretot aquell conte d'un gegant que tenia un jardí on no creixien mai flors ni els arbres donaven fruita de cap mena, fins que hi va deixar entrar els nens a jugar. Si no l'has llegit, te'l puc deixar.

Va rellegir la carta i va veure que s'estava posant molt poètica, amb tantes estrelles, tants gegants i nens ploraners, i es va estimar més canviar de tema. Potser ara era el moment d'explicar-li què redimonis li va passar aquell dia al vàter. Sí, ara era un bon moment per a encetar aquest tema.

Recordes, Pau, que et vaig dir que a casa meva només hi havia un vàter i que sempre era ocupat? Doncs una vegada, quan tenia quatre anys, em vaig llevar a mitjanit, perquè el pipí se m'escapava. Estava mig adormida i vaig anar tota sola cap al vàter. Vaig obrir la porta i no hi havia ningú. A aquelles hores els vàters estan desocupats, oi?, però jo em vaig pensar que no podia ser, que m'havia equivocat, i que si estava desocupat volia dir que allò no era el vàter. Al costat hi ha un armari. Doncs saps què vaig fer? Vaig obrir l'armari i vaig fer el pipí allí dins. I com si res no hagués passat me'n vaig tornar cap al llit. L'endemà, quan la mare es va llevar, va descobrir un petit rierol que sortia de l'armari. Va obrir-lo i va olorar la pudorassa del meu pipí. Quan em vaig despertar em va preguntar què havia passat, però jo no recordava res. Van haver de rentar gairebé tota la roba i portar els vestits a la tintoreria. L'Artur encara riu ara i a cada festa familiar ha de fer la gracieta de recordar el que vaig fer aquella nit. Ja ho veus, si n'era, de ruca, quan tenia quatre anys.

A tu t'agrada la pluja? Però aquesta no és la pregunta que et vull fer. El que vull és que em diguis com és el teu millor amic de la classe.

Fins aviat, Pau!

Anna

La senyora Anna va rellegir la carta. Va canviar alguna paraula, va escurçar-ne algun fragment i va decidir que li havia quedat molt bufona i que en Pau estaria ben content de rebre-la, però que més valia tornar-la a escriure, perquè hi havia quatre o cinc coses guixades i la senyora Anna era polida de mena. Com un vestit de núvia, va quedar.

No es va equivocar la senyora Anna quan va pensar que a en Pau li agradaria molt la seva carta.

Quan el vell se la va llegir, va dir al gat que reposava a la seva falda:

—Jeroni, aquesta noieta ha de ser molt eixerida. Escriu molt rebé i ha de tenir molt bons sentiments.

I li va explicar l'anècdota del vàter i en Jeroni va miolar de satisfacció, com si hagués entès la història.

—I em sembla que ha endevinat el regal que li vull enviar.

Es va aixecar i el gat es va estirar damunt d'un dels coixins del sofà. El vell va agafar un full de paper de damunt de la taula.

—Veus, Jeroni, aquest és el regal.

Era un dibuix d'un ocell dins d'un bosc molt espès. Els arbres eren verds, d'un verd molt viu, els troncs, marronosos, i l'ocell, pintat amb mitja dotzena de colors, semblava haver aturat el vol a frec d'una branca.

—És bonic, oi? Tu creus que li agradarà?

En Jeroni va tornar a miolar i el senyor Albert el va interpretar:

—Ja veig que dius que sí, i tu no t'equivoques mai. I ara li escriuré una nova carta i li parlaré de vosaltres. Què et sembla?

I, sense esperar la resposta d'en Jeroni, va començar a escriure.

Barcelona, 1 d'octubre de 1997

Hola, Anna!

Avui et presentaré els meus gats. El més vell es diu Jeroni. És negre amb dues taques blanques a prop del coll. És molt savi, en Jeroni. Sembla que m'entengui, quan li explico les meves cabòries. Mira si m'entén, que es va fer un fart de riure quan li vaig explicar el que et va passar al vàter, aquella nit. És molt mandrós, sempre té temps per endavant. Camina molt a poc a poc i acostuma a dormir als meus peus. A l'hivern me'ls escalfa, però a l'estiu em fa molta calor i jo miro de treure-me'l del damunt, però en Jeroni rondina i no es belluga gens ni mica. Aquest gat me'l van regalar els pares pel meu sant, quan jo tenia tres anys. Me l'estimo molt, en Jeroni, i ell, a mi. El segon gat és una gata i es diu Tigressa, perquè té la pell ratllada i sembla una tigressa, és clar. Camina amb tanta elegància que si fos una noia seria model. Té uns ulls molt bonics, els més bonics que he vist mai. Si la mires fixament t'encanta. Quan era petita algú la devia abandonar i se la va trobar el pare al seu cotxe. Havia anat a fer unes gestions i el va deixar al carrer, aparcat davant del descampat on vivia la gateta. La Tigressa devia tenir fred i es va posar sota el cotxe, per aprofitar l'escalfor del motor. El pare, quan va tornar, va estar a punt de matar-la. Abans d'arrencar el cotxe li va semblar que tenia una roda punxada i va baixar a comprovar-ho. Aleshores la va descobrir. Va anar de poc que no la matés! La va agafar i la va portar cap a casa. És una gata molt especial, una mica llunàtica. Hi ha dies que és dolça com la mel i no te'n desempallegues de cap manera. D'altres, és molt esquerpa, sembla que no ens conegui i no t'hi pots ni acostar. Li agrada molt la tele. Quan veu que la mirem, es posa al mig o a sobre del primer que troba i no desenganxa els ulls de la pantalla fins que l'apaguem. Aleshores miola d'una mena de manera que sembla que ens renyi. El tercer gat es diu Eulogi i té la pell clara. Aquest el vam conèixer de gran. Va venir del carrer, va saltar la paret del jardí i es va instal·lar a casa. Acostuma a dormir al porxo, dins d'una caixa de fusta que li vam posar, perquè no li agrada gens ser dins de casa. A vegades passa temporades que no sabem on redimonis s'ha amagat. Deu anar a fer turisme, a visitar les seves amistats, i els deu explicar on viu i com som nosaltres. M'agradaria molt entendre'l, perquè és viu com una centella. L'Eulogi l'hem de vigilar, perquè més d'una vegada ha intentat cruspir-se els peixos. La Tigressa i en Jeroni no s'hi acosten mai, a la peixera. Se'ls miren de lluny, però no els diuen res. L'Eulogi, si pogués, se'ls menjaria. L'àvia diu que és de mala raça. A mi em sembla que és molt independent i que deu pensar que els peixos són un platet molt fi per a un gat com ell, acostumat a la vida del carrer. Els vuit peixos també tenen noms: Da, De, Di, Do, Du, Sa, Se i Si. I si en tenim un altre ja et pots imaginar com el batejarem. I ara que t'he presentat els meus animals, passo a contestar-te la pregunta, perquè comença a fer-se tard i he d'anar a sopar.

El senyor Albert tenia la mà cansada i va aprofitar per reposar una mica mentre llegia la carta a en Jeroni. Quan va acabar li va preguntar:

—Et sembla bé la descripció que he fet de tu? T'he fet quedar com un rei. No en tindràs queixa, oi?

En Jeroni no estava per gaires afalacs i no es va molestar a mirar el seu amo. Va tornar a amagar el cap darrere del coixí, com si volgués tapar-se les orelles, i va continuar la becaina.

—Ja veig que no t'interessen gota els meus problemes, Jeroni —es va lamentar el senyor Albert. Tot i això, el vell va continuar parlant:— I ara com m'ho faré per explicar qui és el meu millor amic de l'escola? Vatua l'olla! Avui sí que l'Anna m'ha posat en un bon compromís.

Es va aixecar perquè tenia set i mentre anava cap a la cuina va trobar una solució. Quan va arribar davant la porta de la cuina, ja havia oblidat per què s'havia aixecat i va tornar cap a la taula del menjador per continuar la carta.

—Jeroni, sóc molt espavilat. Descriuré un amic que tenia quan era petit: en Quico. N'havíem fet de tots colors, en Quico i jo. Érem la pell del dimoni, quan ens ajuntàvem. Vam fer sortir cabells blancs al pobre mestre, el senyor Valls, que Déu el tingui en sa glòria.

El meu millor amic es diu Quico. Bé, es diu Francesc, però

tots el coneixem amb el nom de Quico. També és bastant alt, però no em guanya. És el que corre més de la classe. Sembla un coet, però no és gens hàbil amb les mans. Jo sempre l'he d'ajudar a fer els dibuixos, perquè no en sap gota. Un dia va dibuixar un gos i la mestra es va pensar que era una gallina i el va felicitar. Quan li va dir: «Quico, aquesta gallina fa molt goig», tots ens vam posar a riure i ell es va enfadar i va estar de morros tota una setmana seguida. Sempre anem junts cap a casa, perquè vivim molt a prop l'un de l'altre. Aprofitem el camí per a explicar-nos els nostres secrets. Jo li ho xerro tot i ell també. Ens tenim molta confiança. Ens hem promès que quan ens casem anirem a viure a la mateixa escala. Aquesta serà una condició que posarem a les nostres dones. Si no hi estan d'acord, no ens casarem. A vegades ens enfadem i no ens parlem, però com que no podem evitar estar junts tornem a jugar una altra vegada i ja no recordem què ens havia fet enfadar. L'any passat se li va morir el pare, a en Quico. Va tenir un accident molt tràgic: es va ennuegar amb un pinyol i es va ofegar. Ell no hi era, quan va morir el seu pare, perquè érem a l'escola. El seu pare estava sol a casa, quan li va passar. Se'l va trobar la seva mare, estès a la cuina. Van ser uns dies molt tristos. Encara ara, quan ja ha fet més d'un any, a en Quico se li entelen els ulls i jo li poso el braç damunt l'espatlla i miro de consolar-lo. No puc ferhi res més, oi? Però ell em mira i diu que ja li passarà, que no pot evitar pensar en el seu pare i que quan es troba d'aquesta manera s'estimaria més morir, per anar a fer-li companyia. A mi se'm fa un nus al coll, quan sento que em diu aquestes coses. Jo no sé què faria, si se'm morís el meu pare. Però no vull explicar-te coses tristes d'en Quico. És un amic formidable. El meu millor amic, i al meu primer fill, si en tinc... bé, si en té la meva dona, li posaré Quico, i ell posarà el meu nom al seu primer fill. Un dia d'aquests ens farem germans de sang. Tu saps què s'ha de fer per ser germà de sang? T'has de fer una ferida petita (amb un tallet ja n'hi ha prou) i quan surt la sang has d'ajuntar-la amb la sang de l'altre, que també s'ha d'haver fet una ferida. Jo ho vaig veure en una pel·lícula i ho vaig explicar a en Quico i vam decidir que nosaltres també ho faríem. Un dia vam intentar-ho, però vam tenir por de fer-nos mal i ho vam deixar córrer. Una altra vegada jo tenia un repeló, me'l vaig arrencar i em va sortir una mica molt mica de sang, però ell no en tenia cap, de repeló, i no va valdre. Ara bé, arribarà un dia que serem prou valents per a fer-nos una mica de mal i ens convertirem en germans de sang.

Aquesta carta és molt llarga, no et podràs queixar. Ara estic molt cansat de tant escriure. Et faig la pregunta i plego: Hi ha algun noi de la classe o del barri que et vagi al darrere?

M'oblidava de comentar-te una cosa molt important: he mirat el cel i em sembla que he vist la teva estrella. Brilla molt i és preciosa.

Adéu, Anna!

Pau

Quan va acabar d'escriure la carta, el senyor Albert tenia el cap ple dels records del seu amic Quico, el seu millor amic de la infantesa. Ells sí que van ser capaços de ferir-se una miqueta per convertir-se en germans de sang. Anaven junts a tot arreu. Els deien cul i merda. Els agradava molt pescar serps d'aigua al riu que passava a prop del poble. Coneixien un raconet del riu molt amagat, desconegut de tothom, i quan acabaven les classes hi anaven. Es quedaven en calçotets i es ficaven dins de l'aigua, fins que trobaven una serp distreta que es deixava caçar. L'agafaven per la cua i la treien fora de l'aigua. La serp es cargolava als seus braços i ells li feien pessigolles a sota del cap i la serp semblava que rigués. Després la deixaven lliure i observaven com s'endinsava entre les plantes que creixien als marges del riu. S'havien fet una cabana damunt d'un arbre, amb branques i quatre fustes. Va ser allí, una tarda d'estiu, calenta com un foc, que amb una navalla es van fer un tall al dit i van unir dues gotetes de sang. Van establir el pacte que els va unir encara més del que ja ho estaven. I era allí, en aquella talaia que havien alçat amb les mans, en aquella cabana que era el símbol de la seva amistat indestructible, on trenaven tots els secrets, on es feien tota mena de confidències i on es formulaven les preguntes que més endavant obtindrien resposta.

I ara, el senyor Albert va pensar que la vida dóna moltes voltes i que les separacions, quan són massa llargues en el temps i en la distància, poden acabar amb els desitjos més intensos, aquells que semblen construïts de ferro colat. Es preguntava què se n'hauria fet, d'en Quico. Quan va complir divuit anys, en Quico se'n va anar a treballar a Alemanya. Primer s'escrivien cada setmana, però els missatges es van anar espaiant fins que van desaparèixer com la boira matinal que empeny el vent. Després, el senyor Albert va venir a treballar a Barcelona i s'hi va instal·lar. No va notificar el canvi de domicili al seu amic i va perdre'n el rastre del tot.

«Un dia d'aquests», va pensar, «buscaré entre els papers vells que guardo la seva adreça i li escriuré. Potser en Quico no s'ha bellugat en tots aquests anys i rebrà la meva carta. Qui sap si ara, quan tots dos som a les últimes voltes de la vida, podrem renovar l'amistat que va omplir de felicitat i d'aventures la infantesa i la joventut. Potser va tenir un fill i porta el meu nom. Jo no em vaig casar i no vaig complir la meva part del tracte.»

I amb aquells pensaments que li feien companyia va seure al sofà, al costat d'en Jeroni, que encara pesava figues, com un beneit.

Avui era festa major al cor de la senyora Anna. Havia rebut una carta del seu nét. Només hi deia: «Iaia» i «t'estimo». Ja n'hi havia prou. I quina lletra més bonica tenia el seu petit Oriol. No era amor d'àvia, no. Era bonica de debò. La seva mare la devia haver escrit en un tros de paper i ell la devia haver copiat. O potser li havia guiat la mà, com feia el seu home quan la nena aprenia a escriure. I com els enyorava! Hi havia moments que li semblava sentir com l'Oriol la cridava. Era la seva veu, nítida com l'aire del matí, suau com la seda. Temptada estava d'agafar el primer vol cap a Oslo i plantar-se a casa de la filla i del gendre. A la casa, sobretot, de l'Oriol.

La seva filla li havia telefonat feia un parell de dies i li havia explicat que havia trobat una escola que era molt a prop del lloc on vivien i que l'Oriol no s'hi havia estranyat gens, que semblava que hi hagués anat tota la vida. «Quin nen, Mare de Déu!», es repetia la senyora Anna com si fos un lloro que no sabés dir altra cosa. «Sabeu què em va dir, el meu nét?», preguntava a la peixateria alçant molt la veu perquè tothom la sentís. «Em va explicar que a la ciutat que ara vivia, a l'hivern hi nevava molt. Que aniria pel carrer en trineu i que més endavant tindria un gos i que si era gossa li posaria Anna, com jo. Quin goig de criatura!» I les clientes li deien: «Senyora Anna, s'ha d'eixugar la bava, que aviat farà un toll a terra.» I ella reia feliç, com si fos al setè cel.

Li agradaria explicar-ho a en Pau, però no ho podia

fer, perquè ho engegaria tot a rodar. De totes maneres, les ganes eren tan fortes que va pensar que s'empescaria algun truc per fer-ne cinc cèntims al seu corresponsal.

I aquell mateix vespre, després de llegir la nova carta d'en Pau, va començar a fer-li saber la seva il·lusió més gran.

Barcelona, 6 d'octubre de 1997

Hola, Pau!

Quina sort, tenir un amic com en Quico! Jo també tinc una amiga molt amiga que es diu Eulàlia i també anem a la mateixa classe. Un altre dia te'n parlaré, de l'Eulàlia. Avui m'han vingut ganes d'explicar-te un somni que tinc sovint.

Tu somies? Jo, cada nit. Em fa l'efecte que em passo totes les hores somiant, però quan em desperto m'oblido de moltes coses, com si un lladregot me les hagués pres. Però hi ha un somni que sempre es repeteix i del qual no oblido cap detall. Potser és perquè m'agrada molt. Ara te'l resumiré, perquè és molt llarg. Em veig com una iaia molt velleta. Sóc vídua i he tingut una vida feliç. Ho sé, perquè ho porto dibuixat a la cara. Tinc una filla casada amb un xicotàs que fa ombra, de tan robust com és. No li fan falta les pales quan juga a ping-pong, perquè té unes mans molt amples. I tinc un nét que es diu Oriol. És molt rebufó, el nen més rebufó de la Terra, i quan jo m'assec al balancí, al porxo de la casa on vivim, ell juga al meu costat i em pregunta tot allò que el neguiteja. De tant en tant, m'agafa les mans i em mira als ulls. I en aquells moments, Pau, sóc immensament feliç.

Aquest és el somni que sempre tinc i estic contenta d'il·lusionar-me amb aquestes històries, perquè moltes vegades els somnis es fan realitat. Són com llumetes al final d'un camí que et criden: «Ei, som aquí i tot això que has somiat es farà realitat, ja ho veuràs. Tu no perdis les esperances.» Però tant se val, si no s'arriben a fer realitat, perquè quan ho somio em sembla que ho estic vivint de veritat. I si un dia arribo a ser una iaia com la del somni i tinc un nét com l'Oriol, perquè tot sigui perfecte, desitjaré que el que hagi de ser el meu marit m'acompanyi, assegut també al meu costat.

Ja veus que sóc una sentimental, oi?

Apa, Pau, quina pregunta més compromesa m'has fet! M'he posat vermella i tot. Però la resposta és molt curteta i et decebrà: ningú no em va al darrere. (Aquesta carta no la podré ensenyar al pare, perquè me la corregeixi, perquè em fa vergonya.) L'any passat tenia un pretendent, però tot era de broma. Hi ha un altre nen que presumeix que s'ha lligat totes les nenes de la classe. Explica cada sopar de duro! Però els altres nens se'l creuen i sempre va envoltat d'un ramat d'admiradors amb la boca oberta. És molt bon noi, però un bocamoll que tot ho xerra. Es diu Tomàs i li diem Tomenys, per fer-lo enfadar. Hi ha un grupet de nenes de la classe que són una mica punyeteres i fan veure que estan boges per ell, però no és veritat, ho fan per riure.

La majoria de nenes de la classe diuen que no es casaran. Jo sí. Si puc, és clar. Si no em caso o si no me'n vaig a viure amb un noi quan m'arribi el moment no podré tenir fills i, si no tinc fills, no tindré cap nét que es digui Oriol i el meu somni no es farà realitat.

Ahir vam anar d'excursió a un poblat ibèric que hi ha a Ullastret. Quan em passejava entre les ruïnes, prenent apunts i fent dibuixets per al treball que havia de presentar, no m'acabava de creure que en aquell lloc hi hagués pogut viure gent fa tants i tants anys. I saps què em va passar? Em vaig marejar com una sopa. Vaig vomitar l'esmorzar i la mestra em va fer seure al davant de tot, al costat d'en Tomàs, (quina casualitat!) i avui presumia que se m'havia declarat i que jo li havia dit que sí. Carbasses, li donaria jo si em fes una proposta com aquesta, i més si aprofitava un moment que estava mig marejada. És molt cregut, en Tomenys.

I ara la pregunta: Tu et casaràs o t'estimes més quedarte solter?

I bona nit, que són dos quarts de deu i ja no m'aguanto dreta. Encara arrossego el cansament d'ahir. Sort que ja no m'he marejat més.

Anna

Quan va acabar la carta se li va ocórrer buscar el número de telèfon d'en Pau a la guia. Tenia ganes de saber quina veu tenia el seu corresponsal. Ben segur que era fineta com un fideu. Va mirar la guia de carrers, però no el va trobar, perquè s'havia canviat de casa. Després va consultar la guia de cognoms i allí sí que hi era, però no es va fixar que indicava un altre carrer, el carrer on vivia en Pau, el de veritat.

Però, quina excusa faria servir per a conversar amb ell? Va estar rumiant què li diria i al cap d'una estoneta va trobar una solució. S'inventaria que treballava per a la revista *Cavall Fort* i que feia una enquesta entre els subscriptors.

Dit i fet. Va marcar el número i una veu d'home va dir:

—Digui'm?

La senyora Anna tenia la boca resseca. Va mirar d'ensalivar-se-la i es va presentar:

—Sóc de la revista *Cavall Fort* i estem fent una enquesta entre un grup de lectors triats a l'atzar. Voldria parlar amb en Pau, que deu ser el seu fill. No és gaire tard, oi?

L'home va contestar:

—Sí, en Pau és el meu fill i no pateixi, que encara corre per aquí. Esperi's un momentet, que el vaig a avisar.

Va sentir que cridava el nom del fill i al cap d'uns segons, que li van semblar segles, en Pau va parlar:

—Hola, sóc en Pau.

No s'havia equivocat. Tenia una veu fineta, suau com el vent del mar que amoroseix les tardes calentes de l'estiu.

—Sóc l'Anna i treballo per a *Cavall Fort*. Estem passant una enquesta entre alguns subscriptors per saber quines seccions us agraden més. A tu quina secció t'agrada més?

En Pau va estar una estona en silenci i ella hi va insistir.

—Em sents?

El noi va respondre:

—És que m'ho estic pensant... Les que més m'agraden són els acudits de l'Ot el Bruixot, en Jep i en Fidel i les pàgines de participació.

I quan ella hi anava a intervenir, el nen va continuar:

—Ah!, i els entreteniments, sobretot el concurs del final. Un dia vaig guanyar un vídeo d'una pel·lícula de dibuixos.

A la senyora Anna li va estranyar que no anomenés

la secció «Connexions» i va decidir tirar pel dret i preguntar-li-ho directament.

—I la pàgina de «Connexions»?

En Pau va respondre amb seguretat, sense pensar-s'ho dues vegades:

—No, aquesta pàgina no m'agrada gaire. No me la miro mai. Abans sí que ho feia i vaig demanar correspondència, però no em va escriure ningú.

—I ara! —va saltar la senyora Anna, que no entenia res de res.

—Doncs, que no em va escriure ningú —va repetir el nen.

—Però tu mantens correspondència amb una nena que es diu Anna com jo, oi?

I quan va haver acabat li va semblar que es posava en un terreny molt relliscós i que ho engegaria a rodar tot, però el nen no ho va trobar gens estrany i va contestar.

—No. Jo no m'escric amb ningú i ara ja hi he perdut l'interès, perquè he d'estudiar molt. A més a més, faig esport, anglès i karate i no tinc gaire temps.

—Potser estic malfixada —es va disculpar la senyora Anna.

Després va afegir:

—Bé, Pau, continua tan eixerit, eh! I no treballis tant. Bona nit.

—Bona nit.

I va penjar.

La senyora Anna es va posar a planxar. No podia treure's del pensament que aquell nen no fos el seu corresponsal. No trobava cap explicació raonable al que li havia dit en Pau. «Bé», es va dir, «la vida és plena de misteris.» I va continuar planxant la muntanya de roba que tenia damunt la taula del menjador.

Hi havia assemblea. Els gats estaven estirats davant del senyor Albert, i quan es donava aquesta circumstància l'amo aprofitava per comunicar les novetats més destacades als seus amics.

Va començar rascant-se el cap i aquest gest indicava que no sabia per on començar. Com si parlés per a ell, amb veu fluixa, va dir:

—Començaré pel dubte que tinc i veurem on em porta.

Va mirar els tres gats. Tots tres semblaven estar atents i va iniciar el seu discurs tenint cura d'apujar el volum de la veu:

—Mireu, n'he fet una de grossa i em temo que hauré de desemmascarar-me i confessar la veritat a la pobra criatura que es pensa que es carteja amb un nen de la seva edat quan, de fet, ho fa amb un vell que té el cap ple de pardals.

Els gats, quan van sentir l'última paraula, van passejar-se la llengua pels llavis, signe inequívoc de satisfacció. Fins i tot a l'Eulogi li va caure la bava.

—Vaig tenir bona intenció, però ara n'estic fent un gra massa i hauré de dir la veritat, tota la veritat i només la veritat. Quina vergonya! A la meva edat i actuo com si m'hagués begut l'enteniment. Però ara el mal ja està fet i hauré de seguir el consell de la meva mare, que era una dona molt sàvia. Em recomanava que, quan l'has vessada, convé recollir el mullader. Els mals tenen remei i aquest no és una excepció. Però no sé com puc fer-ho i per això us he convocat, perquè m'ajudeu a trobar una solució. Els amics s'ajuden quan van mal dades. Vinga, espero els vostres comentaris. Us podeu estalviar les crítiques, perquè jo ja m'ho he dit tot. Us demano solucions i comprensió, la mateixa comprensió que jo he tingut quan vosaltres heu comès algun error o alguna malifeta, i no cal que us recordi el munt de vegades que us he tret les castanyes del foc, com el dia que vau entrar a casa la veïna i li vau robar el peix que tenia preparat per al dinar dels seus fills. Ho recordeu, oi?

Els gats van mirar cap a un altre costat.

—Vinga, us escolto —va insistir el senyor Albert.

Però els gats no van badar boca.

Al cap d'una bona estona, el senyor Pau els va recriminar aquell silenci.

—Sou uns desagraïts i us hauria de treure de casa. Sempre fugiu d'estudi. Sou una colla de galifardeus, uns aprofitats, un trio de trinxeraires...

En Jeroni va intervenir-hi i amb uns miols segurs i contundents va tallar els retrets del seu amo. El senyor Albert va saber interpretar-los perfectament.

—Tens raó, Jeroni. Tens més raó que un sant. No tinc dret a queixar-me ni a fer-vos pagar els plats que jo i només jo he trencat. I també tens raó en la segona part de la teva intervenció: ja sé què he de fer. Ho sé des del primer moment, però confiava que m'ajudaríeu a trobar un camí per a estalviar-me la vergonya d'haver de fer saber a una nena de dotze anys que l'he enredada. He de posar fi a aquest joc. Li escriuré una carta i li demanaré que ens coneguem personalment. I quan estiguem cara a cara li ho confessaré tot. Potser s'ho prendrà pel costat que no crema i encara es farà un bon fart de riure a costa meva.

I després d'uns segons de silenci, compactes com un tros de formatge sec, va acabar la reunió amb un comentari burleta:

—Bé, ja podeu tornar a les vostres obligacions: jeure i dormir. Jo respondré la seva última carta i li demanaré una trobada.

Barcelona, 14 d'octubre de 1997

Hola, Anna!

Em quedaré solter. No em casaré. Estic convençut que ningú no voldrà carregar-se una persona com jo. Però si t'he de ser sincer, és una pregunta que no m'havia fet mai abans. No tinc res d'especial que pugui interessar ningú. Ja sé que tu em diràs que sóc un exagerat, però recorda que encara no em coneixes. Em sembla que no em casaré, però aquest fet no m'amoïna gota.

Tinc molta calor. I els dies de molta calor estic de mal humor. Trobo que fa un octubre molt calorós. Ara mateix estic suant com si fóssim en ple agost. Les gotes de suor em rellisquen coll avall, com si prengués una dutxa. Ja veus que els dies de calor no m'agraden gaire. Odio l'estiu i m'estimo més l'hivern, quan el fred és viu, perquè sempre el pots evitar. La calor, en canvi, se t'enganxa com una segona pell.

Avui no tinc gaire bon dia. A més a més de la calor, estic cansat i he d'acabar uns quants exercicis de llengua. Potser estic covant alguna malaltia... No ho sé.

Aquesta carta serà molt curteta. De fet l'acabo ara amb dues preguntes. La primera és què faries tu si descobrissis que algú en qui confies, sense cap mala intenció, t'ha pres el pèl. I la segona és si t'agradaria que ens coneguéssim. Què et sembla si quedem per veure'ns d'aquí a dos dijous, a les sis de la tarda. Em sembla que ens podríem trobar als jardinets que hi ha a la plaça Gal·la Placídia. És bastant a prop de casa teva. Hi ha una font, i al costat, un banc. Et sembla un bon lloc? Vindràs? Quan m'escriguis m'ho dius, eh!

Fins aviat!

Pau

I va aprofitar per a fer-li arribar el dibuix, com si fos una mena d'ambaixador que facilités el perdó a la seva mentida.

Hi ha vegades que les paraules endolceixen la vida; per exemple, les que fan servir els que s'estimen. Hi ha vegades que les paraules són monstres que treuen foc, com quan la gent s'insulta. A vegades són seques, aspres, amb una textura que fa de mal tocar. A vegades són de plata, brillen en la foscor. A vegades són transparents, com les preguntes que fan els nens petits. A vegades acaronen amb els seus dits de seda. D'altres, deixen blaus, com cops de puny o pessigades.

Les paraules de la carta del senyor Albert van ser com un laxant. La senyora Anna sempre havia anat restreta i quan va llegir la cita del seu corresponsal va notar unes pessigolles a la panxa, uns sorolls a l'estómac, una mena de discussió interior que no presagiava res de bo. Notava com l'esmorzar anava amunt i avall, sense acabar de decidir per on volia sortir. Però al final va sortir. Cap avall. I la senyora Anna va visitar el vàter més de mitja dotzena de vegades.

«Com m'ho faré per sortir d'aquest embolic?», es preguntava, i es mirava al mirall i la dona que veia era ella, però disfressada de jutge que dictava sentència sense cap misericòrdia. La renyava amb una veu terrible: «Totes les mentideres acaben sent descobertes. Tu, Anna, has enganyat miserablement un pobre xicotet i ara estàs a punt de rebre el teu càstig. Un càstig molt merescut. Passaràs tanta vergonya que voldràs amagar-te sota les pedres del jardinet. La gent que passegi t'assenyalarà amb el dit i cridaran: "Mireu, és la mentidera més gran del país." I tu voldràs fer-te petita fins a fondre't com un gelat a l'ampit assolellat d'una finestra, però no podràs. He dit.»

Va sortir del lavabo blanca com un paper de fumar i al cap de deu minuts ja tornava a estar-hi asseguda, com si fos un tros de ferro i el vàter un imant poderós que l'atragués.

Però d'un gran mal en surt un gran bé i el problema que patia no era una excepció. Tot se sabria i ella podria descansar. S'hauria tret un bon pes del damunt. Per tant, va decidir acceptar la invitació i presentar-se el dia escollit per en Pau als jardinets de la plaça Gal·la Placídia. Va rellegir la pregunta i no va poder evitar una sospita: «Potser aquesta qüestió amaga unes segones intencions. Potser sospita alguna cosa i vol veure com reacciono.»

«Mans a l'obra», es va dir. «Més val agafar el bou per les banyes.» Va agafar un full de paper i va començar el que pensava que seria el seu últim missatge.

Barcelona, 19 d'octubre de 1997

Hola, Pau!

Tinc el dibuix penjat a la meva habitació. És molt bonic. L'ensenyo a tothom que ve a casa i troben que tens molta traça.

Ja t'ha passat el mal humor de la teva última carta? A mi també em passa. Em poso de mala gaita i no sé per què. I a vegades és millor ignorar-ho, perquè quan estic enfadada per una fotesa encara és pitjor. Aleshores m'enfado perquè estic enfadada per una bestiesa i penso que sóc un gos quan es vol mossegar la cua.

«La primera pregunta que em fa en Pau», va pensar la senyora Anna, «és complicada. Em cal ser molt prudent, si no vull descobrir-me abans d'hora, tot i que el moment d'aclarir tot aquest embolic està a punt d'arribar.»

Va fer memòria de les vegades que s'havia trobat davant d'algú que l'havia enganyat, que havia abusat de la seva bona fe. Què havia fet, en aquelles circumstàncies? Normalment, si la persona no l'importava gaire ho havia deixat córrer, però si s'estimava a qui li havia intentat aixecar la camisa també havia intentat oblidar-ho, però havia de reconèixer que li quedava una mena de desconfiança cap a la persona que l'havia enganyat, com una taca que enfosquís un paisatge meravellós.

Li va venir al cap aquella vegada, quan tenia catorze anys, que va descobrir que una de les seves millors amigues tenia dues cares. Davant seu, tot eren flors i violes. Darrere, la deixava com un drap brut sempre que podia. Quan es va assabentar de la conducta d'aquella amiga va preguntar-li directament què pensava d'ella amb l'esperança que desmentís el que li havien explicat, esperant que tot plegat fos fruit de les enveges i els malentesos. Quan va saber que era veritat es van deixar de veure una llarga temporada, però després tot va tornar a la normalitat. El temps ho cura gairebé tot, però en aquell cas li va quedar una mena de desconfiança que va impedir que la fes confident dels seus secrets més pregons. Potser era això el que havia de respondre, i exposar-se a que en Pau, quan conegués la veritat, mai més no volgués saber res d'ella.

Va decidir continuar la carta, però es va estimar més escombrar cap a casa i treure importància al fet de mentir:

Què faria si algú m'enganyés? Reconec que m'empiparia una micona, però com que no sóc gaire rancuniosa ho deixaria estar. La meva mare em va explicar que hi ha mentides pietoses, que són aquelles que es diuen per no ferir la gent. Per exemple, si una amiga teva porta un barret que no t'agrada perquè és lleig o el trobes ridícul i ella et demana la teva opinió, no cal que li diguis la veritat. Pots mentir i ferla contenta. Però a mi no m'agrada dir mentides...

Va aturar-se un moment per rellegir el que havia escrit. Després va pensar: «Si n'ets, de fresca, Anna. Més fresca que un enciam. Presums que no t'agrada dir mentides i totes aquestes cartes només són un engany. Un engany més gran que un hipopòtam.» Va esborrar l'última frase i va continuar:

Però si vols que et sigui sincera, jo dic mentides. Moltes més vegades del que voldria. I tot i que no m'agrada que m'enganyin, com que jo tinc aquest defecte, seria més comprensiva amb algú que em prengués el pèl. I a tu, et sembla bé que t'enganyin?

I es va imaginar la resposta que voldria rebre:

—Sí. M'ho passo rebé, quan se'm rifen, quan m'ensarronen, quan m'entabanen, quan...

Ja n'hi havia prou, de sinònims. La senyora Anna intuïa que la resposta seria d'una altra mena:

—A la gent mentidera els cauen les dents. No m'agrada gens que em donin gat per llebre i quan descobreixo algú que no em diu la veritat trenco amb ell i l'esborro de la meva agenda. Apa!

Més valia deixar el tema i que fos el que Déu volgués!

I ara calia acabar la carta acceptant la cita. Era l'única manera de resoldre el conflicte que havia encetat quan va decidir fer-se passar per una noieta de dotze anys. Però com s'ho faria per confessar-li la veritat? «Doncs molt senzill», es va dir, «dient la veritat i esperant que en Pau comprengui els motius i no m'esborri de la seva llista d'amistats.»

Em sembla molt bé que ens veiem. Conec molt bé la plaça Gal·la Placídia, perquè de petita hi anava a jugar.

Una altra mentida, perquè mai no havia jugat en aquella plaça. Ni de petita, ni de jove, ni de gran. Ella havia nascut a Sarrià i recordava aquella plaça perquè hi havia portat la seva filla perquè pugés a les atraccions que hi havia, però no hi havia jugat mai. Ara bé, aquesta mentida era de poca volada, si la comparava amb tot el que s'havia inventat.

I ara et faig la pregunta: Si et trobessis amb una dona gran, una iaiona de cabells blancs, amb la pell de les mans plena de taques de color de cafè amb llet i a qui falten algunes dents, pensaries que li han caigut perquè ha dit moltes mentides o perquè ha menjat massa coses dolces?

Fins dijous! Quins nervis, oi?

Anna

I va pensar que això dels nervis era la veritat més gran que havia dit en tot el trimestre.

Quins dies van passar, el senyor Albert i la senyora Anna. I quines nits tan plenes de malsons!

El senyor Albert somiava que sortia de casa i caminava per un senderó desert. Al cap d'una bona estona arribava a una masia que es deia Cal Mentider. Es trobava tan cansat que s'estirava sota un desmai que feia una ombra molt generosa. Al cap d'una estoneta, l'arbre s'omplia d'ocellets que començaven a cantar:

«Senyor Albert,
mentider,
si les mentides fossin roses
tu series jardiner.»

Ell s'aixecava d'una revolada i començava a córrer fins a una platja plana com el palmell de la mà i amb una sorra que semblava d'or. S'estirava per descansar i la veu del mar cridava:

«Senyor Albert,
mentider,
si les mentides fossin roses
tu series jardiner.»

I una altra vegada fugia, cames ajudeu-me, fins a arribar a dalt de tot d'una muntanya. S'estirava a l'ombra d'una roca impressionant i començava a ploure. Les gotes d'aigua repetien la tonada:

«Senyor Albert,
mentider,
si les mentides fossin roses
tu series jardiner.»

I es despertava suat, amb la boca seca, com si hi tingués un fregall, i havia de llevar-se per a beure un gotet d'aigua de la nevera.

Els somnis de la senyora Anna no tenien res a envejar als del senyor Albert.

Ella es veia asseguda davant d'un grup de nens i nenes a qui no se'ls veia la cara. Un d'ells l'interrogava amb veu atronadora:

—Com et dius?

Ella responia:

—Carme.
—Impostora! —cridaven tots.
I li queien les dents.
Després continuava amb una altra qüestió:
—Quants anys tens?
—Dotze.
—Mentidera —tornaven a cridar.
I li queien els cabells.
—On vius?
—A Santiago de Compostel·la.
—Mentida podrida —repetien les veus.
I li queia el nas.
—T'agraden els segells?
—Els avorreixo —contestava la senyora Anna.
—Falsa.
I li queien els braços.

I al cap d'una estona, després de respondre més d'un centenar de preguntes, la senyora Anna no tenia res de res. Tot el seu cos estava escampat per terra. Intentava reunir-ne els bocins, però no tenia mans, ni ulls, ni cames per bellugar-se. Tot era per terra i estava desordenat.

Aleshores es despertava i també estava suada com si estigués en un bany maria, i tenia la boca seca, i acabava com el senyor Albert, havent-se de llevar i beure un gotet d'aigua de la nevera.

I com que en aquesta vida tot acaba arribant, va arribar el dijous de la cita i el senyor Albert i la senyora Anna, després de dutxar-se, posar-se desodorant, pentinar-se i empolainar-se com si anessin al casament d'una princesa, van fer cap a la plaça Gal·la Placídia.

Feia un dia rúfol i gris. El cel era envaït per uns nuvolots negres i prenyats d'aigua. El senyor Albert va arribar el primer i va anar a seure al banc on havien quedat.

Havia estat assajant el que diria i ho tenia memoritzat com si fos un lloro.

No parava de mirar a dreta i a esquerra per veure si descobria l'Anna, però les criatures que jugaven a la plaça eren més petites. De sobte, va descobrir una noieta que devia tenir dotze anys i que saltava a corda. Es va aixecar, s'hi va acostar i li va preguntar:

—Com et dius?

La noieta se'l va mirar amb estranyesa i sense deixar de saltar, va respondre:

—Marta, però tothom em diu Martona i els més amics, Tona —va aclarir.

Ell va tocar-li el cap i va dir:

—Un nom molt bonic.

Va tornar cap al banc. Quan va arribar-hi va veure que hi havia una senyora de la seva edat, que encara feia prou goig, que semblava esperar algú, perquè mirava cap a tot arreu amb insistència.

—Bona tarda —va dir educadament el senyor Albert.

—No gaire bona —va contestar la senyora Anna, intentant dominar els nervis que se la menjaven.

—Ho diu pel vent?

—Pel vent i per l'amenaça de pluja.

—Què hi farem! —va conformar-se el senyor Albert. Després va afegir misteriosament:— Tots els problemes fossin com aquests.

La senyora Anna se'l va mirar amb un deix de sorpresa.

—No sé què vol dir? —va comentar com si res.

—No em faci cas. Que espera algú? —va preguntar.

La senyora Anna es fregava les mans com si se les rentés.

—Mmm! —va fer —. Espero la meva filla. I vostè?

El senyor Albert es va gratar el cap i va dir amb una seguretat que el va admirar:

—Jo espero el meu fill.

—Doncs ja som dos que esperem —va sentenciar la senyora Anna.

Van estar una estona en silenci sense deixar de sotjar tota la plaça. La senyora Anna va mirar el rellotge. Eren dos quarts de set. Va pensar que en Pau li havia fet el salt.

El senyor Albert també va mirar l'hora i també va pensar que l'Anna li havia fet el salt.

La senyora Anna va preguntar:

—Que em pot dir l'hora?

El senyor Albert li va contestar que eren dos quarts de set i a ella se li va escapar que ja ho sabia.

—I per què m'ho ha preguntat?

La senyora Anna va fer veure que es mocava per trobar una resposta adient. Després va dir:

—Per comprovar si el meu rellotge va bé.

—Ah! —va exclamar el senyor Albert.

—Sembla que els fills s'han oblidat de nosaltres —va comentar la senyora Anna.

—El meu és molt distret i no és la primera vegada que em deixa plantat. Quan arribi a casa li telefonaré.

—La meva també és molt distreta —va imitar la senyora Anna—. Li convé una bona estirada d'orelles —va afegir després.

—Ui! Comença a fer fred. Encara agafarem una calipàndria.

—Viu sola, vostè?

—Sí, visc sola. La filla és casada i la tinc a Noruega.

El senyor Albert, quan va sentir aquestes últimes paraules, va fer uns ulls com unes taronges.

—Però que no m'ha dit fa un momentet que l'ha de venir a buscar?

La senyora Anna es va adonar del seu error i el va corregir com va poder:

—Ai, quina gràcia! Volia dir que visc sola des que la meva germana bessona es va tornar a casar i va marxar a viure a Oslo. Ja ho veu, tinc una germana que es va casar de ben gran. Mai no és tard per a l'amor, oi?

—Ja té raó, ja, però allí sí que deu fer-hi un fred de valent.

—Tot nevat —va dir la senyora Anna. Després va prendre la iniciativa i va formular una pregunta:

—I vostè, viu sol?

—Com un mussol —va dir el senyor Albert—. Sempre he estat més sol que un mussol —va continuar després.

—Que no es va casar, vostè? —es va interessar la senyora Anna.

—Sí, però la meva dona va morir poc després de tenir el nostre primer i únic fill. Quan era més jove, la soledat no em pesava, però ara que ja s'ha casat i viu amb la seva dona em trobo una mica sol.

—Ho sento —va lamentar-se la senyora Anna.

—No s'hi amoïni, que a tot ens hem d'acostumar. A més a més, el temps ho cura tot.

—I no té cap nét?

—No. Les parelles d'avui dia tarden molt a tenir fills. No és com abans. Ara sembla que la vida és més complicada. I vostè, encara és casada?

—No, també sóc vídua, però tinc un nét que es diu Oriol. Però ara s'estan...

Va emmudir quan es va adonar que estava a punt de descobrir-se.

—Però ara s'estan... què volia dir?

—Que ara viuen sols. Jo vaig estimar-me més deixar-los tranquils. No vull que es carreguin una vella que no s'aguanta els pets. Vaig buscar un piset i ells es van quedar a la casa que ens havíem comprat el meu home i jo, quan ens vam casar. I a vegades em passa com a vostè: sento les mossegades de la soledat.

—Vaja, ho sento, doncs. Però deixi'm que li digui que no és gaire justa amb vostè mateixa. Per a l'edat que deu tenir fa molt de goig.

—És molt amable, vostè —va respondre la senyora Anna—. Setanta-nou, en tinc —va afegir amb una coqueteria mal dissimulada.

—Vuitanta-tres i ben repicats. Encara la guanyo.

—Doncs sembla més jove. Quan ens fem vells només vivim de la felicitat que tenen aquelles persones que ens estimem, oi?

—Té raó, senyora, té molta raó —va assentir el senyor Albert.

De tant en tant, interrompien la conversa, consultaven el rellotge i amb la mirada escombraven la plaça, per veure si hi havia un altre Pau o una altra Anna, però, és clar, no hi apareixien pas.

—Bé —va intervenir el senyor Albert—, sembla que ens han deixat abandonats i aquest vent cada vegada és més desagradable. Potser haurem de fer un pensament i anar cap a *retiro*.

—M'ha tret les paraules de la boca. No entenc què els deu haver passat, als nostres fills.

—Si no es cap indiscreció, on viu, vostè? —va preguntar el senyor Albert.

—Al carrer de la Lluna, 23.

Quan va sentir el nom i el número del carrer no va

poder evitar que un calfred li recorregués l'espinada. La senyora Anna li va retornar la pregunta:

—I vostè?

—Al carrer del Peix, número 22.

I el calfred va canviar d'esquena i a tots dos els van agafar ganes de desaparèixer al més aviat possible.

—Doncs he tingut molt de gust, senyora —va dir el senyor Albert acomiadant-se, allargant-li la mà i fent una reverència.

—El gust és meu —va respondre la senyora Anna amb una polidesa extraordinària.

Mentre la senyora Anna s'atansava a la parada de taxis no podia deixar de pensar que aquell vell que havia conegut vivia al mateix carrer i al mateix número que en Pau, el noiet que esperava. Quan va entrar dins el taxi va lamentar no haver-li preguntat com es deia.

Mentre el senyor Albert s'enfilava a l'autobús tampoc no podia deixar de pensar que aquella vella amb qui s'havia entretingut una bona part de la tarda vivia al mateix carrer i al mateix número que l'Anna, la noieta que esperava, i també va lamentar no haver-li preguntat el nom.

Aquella nit el senyor Albert i la senyora Anna van tenir dificultats per dormir. El fracàs de la cita era com un lladre que els hagués robat la son. No feien més que donar voltes i voltes sobre el llit, com si el tinguessin ple de formigues. A més a més, s'hi afegia el misteri de la persona que havien conegut, que vivia a la mateixa casa que la persona que esperaven.

Amb pocs minuts de diferència van decidir llevar-se i escriure una carta excusant-se de no haver-se presentat a la cita i, com que la vida és plena de casualitats, la disculpa que van trobar va ser la mateixa.

Barcelona, 30 d'octubre de 1997

Hola, Anna!

Estic molt enfadat amb mi mateix, perquè no m'he presentat a la nostra cita. No t'imagines què m'ha passat! Ho he sabut quan era a casa i he consultat l'agenda. M'he refiat de la memòria i m'ha jugat una mala passada, la punyetera. He sortit de casa amb prou temps per no fer tard, perquè no suporto la impuntualitat. I saps on he anat? A la plaça Lesseps. M'he assegut en un dels bancs i he estat esperant-te. I és clar, tu no has vingut perquè devies ser a la plaça Gal·la Placídia, que és on havíem quedat. Hi he estat més d'una hora, que se m'ha fet més llarga que un dia sense pa, mirant ara a la dreta, ara a l'esquerra. He preguntat a totes les nenes que jugaven si es deien Anna i, quan en trobava una que em responia que sí, se m'encenien els ulls, però quan descobria que no eres tu, se m'acabaven les piles. Semblava un gos perdiguer, buscant-te pertot arreu. Fins que m'he atipat d'esperar i he tornat cap a casa. Ha estat aleshores que he consultat l'agenda i he vist que m'havia equivocat de plaça. Em volia fondre. He anat a la meva habitació i m'he posat a cridar: «Ets un ruc, Pau, ets un ruc.» Ho he repetit tantes vegades que la mare m'ha sentit i m'ha preguntat si m'havia begut l'enteniment. Podràs perdonar-me, oi?

No t'explico res més, perquè vull tirar la carta demà mateix, perquè sàpigues què m'ha passat. Ja quedarem per a un altre dia, això si no t'has enfadat i m'engegues a pastar fang.

Pau

Ah!, me n'oblidava: quan conec algú a qui falten les dents penso que deu haver menjat moltes porqueries dolces, que són les porqueries que més m'agraden, les que no són bones per a la salut. Des de ben petit que suporto amb paciència els renys de la mare, perquè està convençuda que el sucre és un dels mals més importants d'aquest món. Ella tot s'ho endolceix amb sacarines i el gust que deixen és horrible. Avui t'estalvio la meva pregunta.

La carta de la senyora Anna deia així:

Barcelona, 30 d'octubre de 1997

Hola, Pau!

No sé com dir-t'ho, perquè em fa vergonya. Pensaràs que sóc ben enze. Tanta il·lusió que em feia coneixe't i ho he engegat tot a rodar. M'he equivocat de lloc. He anat als jardinets que hi ha al començament del carrer Gran. M'he assegut al costat de la font i als bancs només hi havia gent amb els cabells blancs o calbs com boles de billar. De tant en tant, em semblava que et veia arribar. T'acostaves on era, bevies uns glops d'aigua i desapareixies. No eres tu, és clar. Jo no gosava bellugar-me, perquè tenia l'esperança que arribaries. Pensava que t'hauria passat alguna cosa imprevista i que per això feies tard. He preguntat a una senyora si hi havia vaga de metro i m'ha contestat que li semblava que no. Jo ja sabia que no n'hi havia, d'autobusos, perquè en passaven molts. Per això no m'ha calgut preguntar-ho. De tant en tant, tancava els ulls amb força i em deia: «Ara els obriràs i en Pau serà davant teu.» Els obria molt a poc a poquet i res de res. Ni la teva ombra. He estat esperant-te més d'una hora i com que sóc patidora de mena he pensat que potser havies tingut un accident. Mare meva! Quina angúnia! Al cap d'una bona estona he decidit tornar a casa i quan he mirat l'agenda he vist que havíem quedat a la plaça Gal·la Placídia. No m'havia passat mai una cosa com aquesta. No vull que t'enfadis, Pau, perquè jo sóc molt responsable i no deixo mai penjat ningú, sobretot quan tinc un compromís. Una cosa com la d'avui és la primera vegada que m'ha passat en tota la meva vida. T'ho prometo. T'ho juro.

No t'explico res més, perquè vull acabar la carta ara mateix i demà la donaré al pare, perquè la tiri al correu. Ja quedarem per a un altre dia. I perdona'm, eh!

Anna

Després d'haver escrit les cartes, el senyor Albert i la senyora Anna van poder dormir tranquils i, això sí, en somnis es van trobar i es van fer molt amics.

Quins descans van tenir quan van llegir les cartes! A més a més, la senyora Anna estava contenta per partida doble. La seva filla li havia dit que l'esperaven per Nadal. Li deia que no calia esperar les vacances de l'estiu, que a ells no els anava bé baixar a Barcelona per Nadal i que havien pensat que fos ella qui els visités. Li farien arribar l'import del bitllet d'avió, però la senyora Anna va pensar que de cap de les maneres, perquè podia pagar-se el viatge amb els estalvis que tenia.

Quan va llegir que el seu Oriol era molt feliç no va

poder evitar posar-se a plorar. «Déu meu!», pensava, «segur que no se'n deu haver oblidat, de la seva àvia. Tan bon punt em vegi em reconeixerà. Les criatures són molt espavilades i l'Oriol és el nen més eixerit de la Terra.»

La senyora Anna ja tenia ganes de fer les maletes. Va escriure una llista amb tot el que es volia emportar, però al cap d'una estona va pensar que encara quedaven més dies que llonganisses i va desar la llista al primer calaix de la tauleta de nit.

Després de dinar va començar una nova carta a en Pau.

Barcelona, 4 de novembre de 1997

Hola, Pau!

Quin parell, eh! Haurem de menjar cues de pansa. Mira que m'he arribat a amoïnar i total per res. Millor, és clar.

Ara li hauria agradat explicar-li la veritat. Fer-li saber que tenia un nét i que la seva filla i el seu gendre l'havien convidada a passar els dies de Nadal a Noruega, però no volia descobrir-se per carta. Volia mirar els ulls del seu corresponsal quan li digués la veritat i demanar-li perdó per haver-lo enganyat. Era una mentida petita, inofensiva, però una mentida al cap i a la fi. Va continuar inventant-se històries noves. Un veí seu, que tenia onze anys, li havia explicat que havia passat uns dies de colònies amb la seva classe. Havien anat a una granja a prop de Viladrau. El nen li havia fet un relat molt detallat de totes les coses que havia vist, i ella va pensar que l'Anna que s'havia inventat podria fer el mateix.

Amb els de la classe anirem de colònies a una granja que hi ha a prop d'un poble que es diu Viladrau. Cinc dies, hi estarem. De dilluns a divendres. Ens hem d'emportar el sac de dormir. Estudiarem moltes coses i donarem de menjar a les gallines, als porcs, als ànecs i a les vaques. La mestra ens ha explicat que potser veurem néixer un vedellet. M'agradaria molt veure néixer un vedellet. Deu ser molt emocionant, oi? Tu has vist alguna vegada com neix un vedell o algun altre animal? Jo només he vist néixer uns gatets. La meva tieta tenia una gata i un dia va tenir tres gatets. Eren molt petits i es veien molt indefensos. Es van passar tota la nit miolant, i la seva mare els llepava i els donava escalfor, i quan van créixer una miqueta la meva tieta els va regalar. Jo en volia un, però teníem un gos i els meus pares em van dir que a casa no hi cabríem. El gos ja no el tenim, perquè era molt vellet i va morir. Jo me l'estimava moltíssim i vaig plorar. Tu creus que els animals, quan moren, se'n van al cel? Jo, sí. A vegades, em sembla que el sento caminar per casa. Es deia Serafí. Tu deus haver vist néixer gatets, oi?, perquè en tens molts. Si jo tingués una casa tan gran com la teva podria tenir-hi unes quantes bèsties, però casa meva és més petitona i no sé on les posaria. En una altra carta et vaig explicar que quan sigui gran m'agradaria ser arquitecta i que faria cases rodones, però he canviat d'opinió: estudiaré per ser veterinària o perruquera de gossos. Si puc seré totes dues coses. Curaré els gossos i els pentinaré. Faran molt de goig, els gossos que passin per la meva clínica. I tindré peixos, gats, ocells, gossos, hàmsters, conills, ratetes i sargantanes. Serps no, que no en tindré, perquè em fan por. Són massa llargues i llefiscoses. El meu pare em va explicar que un amic seu té una serp que un dia es va perdre a casa seva. Va estar buscant-la pertot arreu, ho va regirar tot, però no la trobava. Estava desesperat, perquè pensava que potser s'hauria escapat, però no sabia com s'ho devia haver fet, perquè era una serp molt casolana, a qui no agradava bellugar-se gens. I saps on la va trobar? A l'armari de la roba. S'havia amagat a la màniga d'una americana i estava mig cargolada en un penja-robes. T'imagines quin ensurt si l'hagués arribat a trobar algú que no sabés res de la serp? Jo em moriria de l'ensurt, si em trobés una serp barrejada amb la meva roba. El meu pare diu que la majoria de serps són inofensives, però a mi em fan molta angúnia. Un dia vaig somiar que una serp s'havia convertit en una bufanda i em pujava pel pit fins a enroscar-se'm al voltant del coll i jo, quan notava la fredor de la seva pell, cridava, però no em sortia la veu. Em vaig despertar i no parava de fer gestos per treure'm la serp del coll fins que vaig descobrir que ho havia somiat tot.

I ara ve la pregunta: A tu et fan por les serps?

I recorda que per sopar hem de menjar un bon plat de cues de pansa o mirar-nos l'agenda abans de sortir de casa.

Fins aviat!

Anna

«Com hi ha món!», va pensar el senyor Albert quan va llegir la carta de l'Anna. Ara hauria de tornar a començar. Hauria de citar la seva amigueta per a un altre dia i acabar amb aquella correspondència, que cada dia que passava s'embolicava més.

La pregunta que l'Anna li havia fet li agradava molt, perquè podia tornar a reviure aquells dies feliços de la seva infantesa, quan anava amb en Quico a buscar serps al riu que corria pels afores del seu poble. Va donar de menjar als gats, i quan els va veure ben tips i amb cara de satisfacció, va començar una nova carta.

Barcelona, 12 de novembre de 1997

Hola, Anna!

He menjat un quilo de cues de pansa. Són molt dolentes, però em sembla que he recuperat una part de la meva memòria.

Les serps no em fan por. La primera vegada que en vaig trobar una va ser anant d'excursió amb els de l'escola. Mentre els meus amics jugaven un partit de futbol a l'esplanada on havíem dinat, jo vaig anar a fer un tomb. Vaig ensopegar amb un caminet que enfilava muntanya amunt i vaig començar a pujar. De sobte, vaig sentir un sorollet estrany. Era com si una mà fregués les herbes. Jo pensava que seria una sargantana, però, quan m'hi vaig acostar i vaig apartar les herbes, vaig descobrir una serp. Feia més d'un metre i mig de llargada i era bastant gruixuda. Tenia la pell del mateix color que la terra. El mestre em va explicar que molts animals tenen el mateix color que el lloc on viuen per despistar els seus enemics i per acostar-se a les seves preses sense ser descoberts. Per això els óssos polars són blancs i els de muntanya, marrons. La serp aquella no es va bellugar. Semblava que fos morta. Aleshores vaig anar a buscar un bastó i la vaig tocar. La serp va fugir i es va amagar entre unes pedres. No la vaig tornar a veure. El mestre, quan li ho vaig explicar, em va renyar, perquè deia que hi ha serps que són verinoses, com els escurçons, que si et piquen et poden matar, i que per això no s'han de tocar mai, sobretot quan no les coneixes. Però quan li vaig dir com era aquella serp em va dir que no podia ser un escurçó, perquè era massa llarga i massa gruixuda. I ara et diré una cosa que et posarà la pell de gallina: he caçat serps de riu. Són molt pacífiques i tenen una pell molt fina. Les agafava pel cap i per la cua, mirant de no fer-los mal i me les mirava del dret i del revés. Després les deixava a l'aigua i nedaven fins a desaparèixer. Hi ha unes serps que es diuen anacondes i són tan grosses i tenen tanta força que si t'atrapen se't cargolen per tot el cos i et poden arribar a ofegar. Però no pateixis, perquè d'anacondes no n'hi ha a Catalunya.

Quan tornis de colònies hem de quedar. Jo hi aniré a final de curs, però encara no sé on.

El senyor Albert va pensar que el final d'aquesta història estava a punt d'arribar. Per tant, podria fer una pregunta compromesa, que ja s'aclariria al final de tot, quan conegués l'Anna de veritat.

I ara la pregunta: A la teva escala viu una senyora bastant gran, amb els cabells blancs i que té una germana bessona que s'ha casat i que s'ha traslladat a viure a Noruega? És que em sembla que la conec.

Fins aviat i que les colònies et vagin molt bé!

Pau

Quan la senyora Anna va llegir la pregunta que li feia el senyor Albert es va quedar de pedra. Què redimonis passava? Tantes casualitats feien pudor de socarrim.

Va pensar i repensar tot el que passava fins que li va agafar mal de cap. Com podia ser que en Pau sabés l'assumpte de la vella que tenia una germana bessona? Només se li acudia una explicació, però no la trobava gens convincent: que el vell que es va trobar al parc hagués dit alguna cosa a en Pau; però, per què deia que la coneixia? A tot aquest embolic s'hi afegia la conversa telefònica que havia mantingut amb en Pau, aquell nen que no havia rebut cap carta seva. Tot plegat eren vuits i nous i cartes que no lligaven.

Ara sí que calia aclarir tota la situació d'una manera definitiva. L'havia de citar per segona vegada i confessar-li tota la veritat. Es va prendre una aspirina i va començar a escriure una nova carta, però abans d'enviar-la havia de deixar que passessin uns quants dies, perquè l'Anna que s'havia inventat marxava de colònies. «Déu del cel!», va exclamar la senyora Anna. «Cada vegada és més complicat, aquest assumpte. Qui em va enredar a començar una correspondència com aquesta, tan plena de mentides?»

Barcelona, 25 de novembre de 1997

Hola, Pau!

Ja he tornat de colònies. M'ho he passat molt bé, però ja t'ho explicaré el dia que ens veiem, perquè ens hem de veure al més aviat possible. Que et sembla si ens trobem el dijous, dia 11, a les sis de la tarda, a la plaça Gal·la Placídia, al mateix lloc on vam quedar la primera vegada? Escriu-me ben aviat per dir-me si et va bé.

«I com responc la pregunta?», es deia la senyora Anna. «Què repunyetes li puc contestar? Tant se val, perquè el final d'aquesta història és molt a prop.» Va continuar el seu escrit:

Sí, conec aquesta senyora. És una dona molt simpàtica. Cada dia me la trobava, a ella o la seva germana, a l'escala, quan van a comprar i jo surto de casa per anar a l'escola. Una tarda, una d'elles em va convidar a berenar a casa seva i les vaig veure totes dues juntes. Són tan iguals com dues gotes d'aigua. Fins i tot tenen el mateix to de veu. Són com repetides. Em van explicar històries molt divertides, de quan eren petites i anaven a l'escola. Els mestres les confonien i elles organitzaven uns bons embolics. Ara no les puc confondre, perquè una d'elles ha marxat a viure a Noruega i l'altra s'ha quedat sola i, és clar, a l'escala sempre em trobo la mateixa. No acabo d'entendre com ho has sabut, però ja me'n faràs cinc cèntims el dia que ens coneguem personalment. Tot plegat em sembla un misteri, com un conte de suspens.

Va estar temptada de descriure-li el vell que havia conegut al parc i que vivia a la seva escala, però es va estimar més deixar-ho córrer, per no complicar les coses més del que ja ho estaven.

El senyor Albert va contestar la carta de la senyora Anna. Va ser una resposta molt breu: només per dir-li que acceptava la cita. Tenia tantes ganes de posar fi a aquelles mentides! Per evitar l'estranyesa de la nena davant d'una carta tan curta es va inventar que estava malalt. «Unes angines de cavall, que em fan un mal de mil dimonis i em tenen lligat al llit sense poder menjar res de res.» Aquesta va ser l'excusa que va trobar.

I la brevetat va ser un encert, perquè el fet de no haver de respondre cap pregunta va tranquil·litzar la senyora Anna d'allò més.

Tots dos van aprofitar aquella treva en la correspondència per assajar què es dirien quan es trobessin. Es posaven davant del mirall del lavabo per poder-se observar sense entrebancs i buscaven una manera de començar les seves confessions. Confiaven que un bon inici els resoldria totes les dificultats. Estaven convençuts que si trobaven un bon començament les paraules anirien sortint sense dificultat i que l'altre ho entendria tot. Potser acabarien fent-se un bon fart de riure i continuarien la correspondència, però sense amagar qui eren de debò.

Aquells dies van ser els més llargs de la seva vida i van ser plens de petits incidents: el senyor Albert s'oblidava de donar de menjar als gats i gairebé hi va haver una revolta. Sort que se l'estimaven i va semblar que entenien les disculpes del vell, perquè, si no, haurien marxat tots tres de casa o s'haurien cruspit els peixos, amb peixera i tot. A més a més, un vespre abans d'anar a dormir, es va rentar les dents amb el sabó d'afaitar i es va afaitar amb la pasta de dents.

La senyora Anna va trencar una dotzena i mitja de plats, i un vespre, abans d'anar a dormir, va posar la roba dins la nevera i el menjar que havia comprat dins la rentadora, ja que es va pensar que era roba bruta.

Els nervis els jugaven males passades que acabaven amb trencadisses o amb confusions que els haurien fet petar de riure si no fos que estaven molt amoïnats pel que havien de passar.

Les hores de les nits eren poblades de somnis que els feien descansar malament i els feien llevar fatigats com si haguessin descarregat uns quants camions plens de sacs de serradures.

I va arribar el gran dia.

Tots dos es van despertar de bon matí, com si el cor fos un gall que cridés en descobrir la primera llum del sol. Però el sol no sortiria gaire aquell dia. El cel amenaçava pluja. Era com una manta pesada, plena de nuvolots negres com goles de llops afamats. El gris dominava tota la ciutat. No va trigar gaire a sentir-se un tro impressionant i la pluja es va convertir en una cortina d'aigua que va durar tot el matí.

Gairebé no van esmorzar. No sabien amb què entretenir les hores. El senyor Albert intentava concentrar-se llegint el diari i la senyora Anna va intentar acabar la bufanda que feia per al seu nét. Però les lletres jugaven a fet a amagar amb el senyor Albert i la senyora Anna oblidava comptar els punts i la bufanda sortia guerxa.

Al migdia gairebé no van poder ni tastar el dinar: la senyora Anna s'havia preparat un platet d'arròs bullit i un tall de lluç a la planxa i el senyor Albert, patates amb mongeta tendra i un trosset molt petit de carn de be.

Això sí, es van empolainar com si anessin de casament. Feien goig de debò. Abans de sortir de casa van tornar a mirar-se al mirall del lavabo i van repetir per última vegada les paraules que s'havien après de memòria com si fossin un parell d'actors experimentats que havien d'estrenar l'obra més difícil de les seves carreres.

El senyor Albert va glopejar una mica d'aigua abans de repassar el que diria quan es trobés davant de la seva amiga.

—Hola Anna, sóc en Pau. Millor dit, sóc el senyor Albert, que m'he fet passar per en Pau. He estat jo qui t'ha escrit totes les cartes que has rebut. No sé ben bé per què ho he fet, però ara ja no té remei. Només em queda dir-te la veritat. Ja ho veus: sóc un mentider.

Les paraules de la senyora Anna serien aquestes:

—Hola, bufó. Ja sé que quan sàpigues qui sóc et quedaràs més parat que un cotxe amb les quatre rodes punxades al mig d'una cua de vehicles de cap de setmana. Sóc l'Anna. Ja sé que no m'assemblo gens a la nena que t'havies imaginat, però ara ja no puc fer altra cosa que confessar-te tota la veritat. Això sí, no em preguntis per què ho he fet, perquè no sabria què contestar-te. Coses de vella, saps? El que tinc molt clar és que sóc una mentidera.

Tots dos es van trobar molt convincents i aquesta apreciació els va tranquil·litzar una miqueta. Van sortir de casa just quan el cel començava a escampar i els raigs del sol, encara fins com fideus però decidits a imposar la seva voluntat, començaven a brillar.

Tots dos van decidir agafar un taxi per no fer tard.

El senyor Albert va arribar cinc minuts abans. Va treure's el mocador de la butxaca de l'americana i va eixugar el lloc on s'havia assegut l'altra vegada. El terra de la plaça era ple de tolls d'aigua i els coloms voleiaven com si fossin banderes al mig d'un corrent d'aire. No hi havia ningú a tota la plaça. Li va semblar que els cotxes eren bèsties ferotges, amb els ullals esmolats i la mirada freda, que buscaven les seves preses que no eren altres que els homes i les dones que passaven pel carrer. I mentre s'entretenia amb aquest pensament no va veure com la senyora Anna treia un mocadoret del moneder, eixugava el banc humit i s'asseia al seu costat.

Quan les mirades es van trobar, les boques es van obrir per pronunciar un únic so:

—Oh! —va exclamar el vell.

—Oh! —va repetir la vella.

El senyor Albert va preguntar:

—Vostè és...?

I no va poder acabar la pregunta, perquè la senyora Anna va dir:

—Vostè és...?

El vell va rascar-se la barbeta i va respondre:

—Sí, jo sóc en...

La vella va gratar-se el cap i va dir:
—Sí, jo sóc la...
El senyor Albert va acabar la frase:
—Sóc el vell de l'altre dia.
La senyora Anna també va acabar la frase:
—I jo sóc la vella de l'altre dia.
I tots dos van dir al mateix moment:
—Quina casualitat, oi?
I es van posar a riure.

Al cap d'uns segons, entre tots dos es va fer un silenci sepulcral. El senyor Albert el va trencar com si fos un martell:

—Quin dia!

—Sí, quin dia! —va repetir la senyora Anna.

—Ha plogut a bots i barrals —va continuar el senyor Albert.

—A bots i barrals —va dir la senyora Anna.

El senyor Albert va continuar parlant del temps amb l'esperança de poder esbrinar què havia de fer.

—Les gotes d'aigua que queien semblaven com les monedes de deu duros que van retirar fa poc.

—Sí, igual que les que van retirar fa poc —repetia la senyora Anna com si fos l'eco del senyor Albert i amb la mateixa esperança de trobar una solució a l'escena que estava vivint.

—Si aquest matí t'arriba a caure una gota al cap no cal que et dutxis. —I el senyor Albert va riure de la seva exageració.

—No cal que et dutxis, sí senyor. —I com si tingués por que no l'hagués entès va tornar a repetir les primeres paraules:— No cal que et dutxis.

—I dels trons, què me'n diu?

—I vostè? —va preguntar la senyora Anna.

—Què vol dir? —va preguntar el senyor Albert amb un deix d'estranyesa.

—Vull dir que què me'n diu vostè, dels trons?

—Ah! doncs... —Va rumiar uns segons què volia dir i poc després va afegir:— Eren uns trons molt impressionants.

—Això pensava jo, molt impressionants.

—I els llamps? Redena, quins llamps!

—I tant. Uns llamps de redena! Quins llamps —va respondre la senyora Anna sense ni adonar-se de l'embolic que es feia.

—Això sí, la ciutat ha quedat neta com una patena.

—Molt neta. Com una patena de neta. Una ciutat neta com una patena, molt neta.

El senyor Albert va intentar canviar de conversa.

—Espera la seva filla?

La senyora Anna tenia el cap fet un garbuix i els nervis se la menjaven. Sense recordar què li havia preguntat el senyor Albert, va contestar:

—Unes gotes grosses com una patena de deu duros i uns llamps que han deixat la ciutat més neta que una patena de grossa. I tot per deu duros dels que han retirat fa ben poc temps.

El senyor Albert se la va mirar com si contemplés un ésser vingut d'un altre planeta. Va preguntar a la senyora Anna:

—Que diu què?

La senyora Anna se'l va mirar fixament i va respondre:

—Que Déu n'hi do, de l'aigua que ha arribat a caure i que la patena és molt neta, perquè totes les patenes han d'estar netes, perquè, si no, no serien patenes i que ja n'estic tipa d'aquesta conversa tan poca-solta.

I tots dos van callar.

Al cap d'uns moments, va ser la senyora Anna la que va reiniciar la conversa:

—I a vostè, qui l'espera...? Vull dir que si espera la seva filla, com l'altre dia.

I de sobte el senyor Albert va entendre tot el que passava. Va ser com si una llumeta petita que tingués amagada al replec més intern del cervell se li hagués convertit en una mena de far que li mostrés el camí que havia de seguir.

—No espero ningú. L'altre dia tampoc no esperava ningú. Em dic Albert i espero una nena que es diu Anna.

I la llum del far va canviar de cervell i va il·luminar tots els racons foscos de la senyora Anna.

—I jo em dic Anna i espero un nen que es diu Pau.

I una altra vegada el silenci va senyorejar la conversa.

Però encara quedava una possibilitat: que fossin els avis de l'Anna i d'en Pau. El senyor Albert va intentar aclarir aquesta possibilitat.

—Vostè té una néta que es diu Anna?

La senyora Anna va contestar sense pensar-s'ho dues vegades, perquè ja havia arribat al límit del que podia suportar:

—Jo només tinc un nen que es diu Oriol i que viu a Oslo, amb la meva filla i el meu gendre. I ara, si m'escolta, li explicaré tota la veritat.

El senyor Albert va assentir amb un moviment de cap.

—Quan van haver marxat cap a Oslo, em vaig trobar més sola que la una. Les hores i els dies se'm feien massa llargs. Em semblava que tenia tot el temps del món i que no sabria com omplir-lo. Em vaig dedicar a fer dissabte. Vaig netejar i endreçar tota la casa. Vaig llençar moltes coses, sobretot roba, i vaig ordenar la col·lecció de la revista *Cavall Fort*. Per distreure'm, en vaig rellegir un i vaig trobar la carta d'un nen que es deia Pau —i quan va pronunciar aquest nom va mirar directament els ulls del senyor Albert—, que tenia els mateixos gustos que jo. I no se'm va acudir altra cosa que escriure-li una carta fent-me passar per una nena de la seva edat. I ara estic aquí esperant-lo, però em sembla que ja fa estona que ha arribat. Ara he de callar i escoltar-lo a vostè, perquè aquesta part me l'ha d'explicar vostè, senyor...

—Albert, per a servir-la —va acabar el senyor Albert.

Era veritat. Havia arribat el seu torn i va continuar el relat sense gairebé ni respirar:

—Fa un any, més o menys, vaig comprar el pis d'una família que tenia un nen que es deia Pau. Un matí vaig trobar una carta a la bústia que anava a nom seu. Tenia la intenció de fer-la-hi arribar, però havia perdut la seva adreça. Vaig obrir-la, perquè pensava que podria dir alguna cosa important. Era una carta molt bonica d'una nena que es deia Anna. Sense saber ben bé com, vaig transformar-me en aquell nen que es diu Pau. I ara sóc aquí, esperant l'Anna. Però em sembla que ha arribat fa una bona estona.

—Hola, Pau —va dir la senyora Anna oferint-li la mà.

—Hola, Anna —va respondre el senyor Albert acceptant-li l'oferiment.

—Som un parell de vells tocats del bolet, oi? —va preguntar la senyora Anna tot i que ja coneixia la resposta.

—És ben veritat. Un parell de vells tocats del bolet. No pensava que dir la veritat fos tan fàcil. Tots dos som un parell de mentiders. I ara que ja ho hem aclarit tot hauríem de pensar com continuem aquesta història.

—Què vol dir?

—Per començar preguntem què «vols» dir —va contestar el senyor Albert—. Pensa que tenim dotze anyets i a aquesta edat no es tracten de vostè.

—Doncs què vols dir? —va corregir-se la senyora Anna.

—Vull dir que si continuem aquí asseguts, ens agafarà una calipàndria que ni el combregar hi serà a temps. Et convido a prendre una tasseta d'herbes en un bar. Hi estarem una mica calentonets i podrem continuar explicant-nos les nostres vides. Als meus gats els agradarà molt conèixe't.

—Les històries dels gats són veritat? —va preguntar la senyora Anna.

—Veritat de la bona.

—Vols que et digui una cosa?

—I tant!

—Em sembla que des de la nostra primera cita que vaig saber que tu eres en Pau. Hi havia algunes coses que no lligaven, però estava tan amoïnada per les meves mentides que no acabava de descobrir les teves.

—A mi em va passar el mateix i, si tenia algun dubte, quan he vist els embolics que et feies amb la patena i les gotes d'aigua tot se m'ha anat aclarint.

—Doncs tot aclarit, Pau, perquè per a mi sempre seràs en Pau —va dir la senyora Anna mentre s'aixecava del banc.

—I tant —va assentir el senyor Albert—. Per a tu sempre seré en Pau.

—Quin parell! —va dir la senyora Anna reprimint un atac de riure.

—Quin parell! —va repetir el senyor Pau.

Li va oferir el braç i tots dos van anar a trobar un bar on poguessin refugiar aquella amistat.

Jaume Cela i Ollé

Jaume Cela i Ollé va néixer al barri barcelonès de Sarrià la matinada del 14 d'agost de 1949.

Davant de casa seva hi havia el cine Bretón, al qual anava dues o tres tardes a la setmana. Així va néixer la seva afició pel cinema, especialment pels melodrames i el cine de suspens. També es va aficionar a llegir novel·les i tot tipus de tebeos, però el que més li agradava era jugar al carrer.

Va estudiar magisteri i actualment treballa en una escola pública de primària on combina les feines pròpies de la classe amb la gestió. Participa molt activament en les activitats que organitza l'Associació de Mestres Rosa Sensat i la Federació de Moviments de Renovació Pedagògica de Catalunya.

Les seves principals obres són: *Un cas com un piano* (Premi Ciutat d'Olot, 1991), *Una troballa sorprenent, Hi ha coses que són de mal perdre, El lladre d'ombres, No mireu sota el llit, El doble secret de l'àvia, Com una joguina trencada, La visita de la Dama, Xerraires impenitents* (Premi Marià Vayreda, 1995), *Hola Pep!* (Premi Vaixell de Vapor), *Els gegants adormits* (juntament amb Jordi Magallón, Premi Gran Angular), *Quin parell!* (Premi Folch i Torres, 1997) i *Silenci al cor* (Premi Abril, 1999). Juntament amb Juli Palou va escriure el llibre *Amb veu de mestre,* que va guanyar el Premi Rosa Sensat de Pedagogia de 1992.

A més a més del seu treball, dels llibres i del cinema, li agrada molt passejar pels carrers de Barcelona i observar la gent. És casat i té tres fills.

Obres de Jaume Cela i Ollé publicades a La Galera

Una troballa sorprenent
Hi ha coses que són de mal perdre
La crida del mar
La mirada de la Lluna
El blanc que m'acull
Junts veurem el Miljacka
Silenci al cor
M'ha agafat fort!
Uns dies amb Sir William
Les sargantanes negres
(Jaume Cela i Juli Palou)
Els braços de l'heura
Camí de tornada
Sort del nas
El bon somni

ULLDEVELLUT

Josep-Francesc Delgado i Hermínia Mas

Grumet blau núm. 110

168 pàgines

1920, som al Berguedà. El pare de l'Hermínia ha vist unes someres que han estat atacades per un ós. Però, l'Hermínia marxa muntanya amunt amb el ramat, no té por. Encara hi ha óssos al Pirineu i la gent els tem. De nit, a la cabana, sent una remor i...

EL JUGADOR DE FRONTÓ

Aro Sáinz de la Maza

Grumet blau núm. 125

160 pàgines

Una nit de començament d'estiu, un nen de dotze anys arriba a un poble on coneixerà el seu avi, un gegant de dos metres que arrossega fama d'home terrible, i amb qui no tindrà més remei que conviure. A partir d'aquell instant, descobrirà l'amistat, la importància dels sentiments, i viurà moltes aventures. Un partit de frontó serà transcendental per enfortir la seva confiança.

BONO D'IKNUSA

Antoni Arca

Grumet blau núm. 131

104 pàgines

"Estan a punt d'arribar. Cremaran les nostres cases i robaran els nostres fills. No podem fer res contra ells; si no es desperta el colós estem perduts".

"Meu capità, jo sé què cal fer. Jo conec el secret del gegant de la tomba!"

"Qui ets,tu, noi?"

"Em dic Bono d'Iknusa, senyor!"

A partir de 12 anys (sèrie blava)

3. Un cavall contra Roma
Josep Vallverdú
6. Un any fora de casa
M. Àngels Bogunyà
15. Històries horribles... però no tant!
Christian Poslaniec
23. El fill de la pluja d'or
Josep Vallverdú
29. Tres xacals a la ciutat
Josep Vallverdú
35. I un dia serà demà
Anna Vilar
37. Bernat i els bandolers
Josep Vallverdú
42. Orzowei
Alberto Manzi
43. Les aventures de Tom Sawyer
Mark Twain
44. Un català a la Manigua
Oriol Vergés
47. Els astronautes del «Mussol»
Sebastià Sorribas
49. La ciutat sense muralles
Oriol Vergés
54. Un tercer trimestre turbulent
Gene Kemp
58. Tu i jo, de què ens coneixem?
Joan Andreu Vallvé
59. Les presoneres de Tabriz
Maria Novell
62. Allò que conta el vent del desert
Pere Morey
65. Joanot de Rocacorba
Teresa Duran
70. Els inventors de fantasmes
Josep Vallverdú
82. L'illa dels Dofins Blaus
Scott O'Dell
83. L'únic rebel
Pierre Pelot
87. L'alcalde Ferrovell
Josep Vallverdú
88. Ulls de gat mesquer
Joan Barceló i Cullerès
89. Asperú, joglar embruixat
Mercè Canela Garayoa
94. La Ruta Prohibida
M. Àngels Bogunyà
06. En Mir, l'«Esquirol»
Josep Vallverdú
100. Dídac, Berta i la màquina de lligar boira
Emili Teixidor
106. El noi i les ones
Milo J. Krmpotic
108. Entre el cel i la terra
Ponç Pons
109. Xerra que xerra a Torretorta
Antoni Garcia Llorca
110. Ulldevellut
Josep-Francesc Delgado i Hermínia Mas
113. Buc
Antoni Arca
125. El jugador de frontó
Aro Sáinz de la Maza
131. Bono d'Iknusa
Antoni Arca
135. L'anticlub
Àngel Burgas
151. Quin parell!
Jaume Cela